JN084886

可愛い義妹が婚約破棄されたらしいので、
今から「御礼」に参ります。

登場人物紹介
ローゼリア
ドラニクス侯爵令嬢にして、
フィベルト公爵夫人。
「淑女の鑑」と称されながら、
乗馬や剣が
得意という一面も。
ロベルト
フィベルト公爵家の若き当主。
ローゼリアとは幼馴染で、彼女と
妹のマーガレットを心から愛している。
マーガレット
ロベルトの妹で王太子の婚約者。
未来の国母となることを
期待されていた。
ひたむきで、国のことを
誰より大切に思っている。

オズワルド
王太子にして
マーガレットの婚約者。
エンジェラに
骨抜きにされている。
エンジェラ
男爵令嬢だが、
オズワルドをはじめとして
貴族令息たちを
次々と籠絡している。
シリウス
ある事情から諸国を旅していた少年。
マーガレットに一目惚れし、
フィベルト家で教育を受けることになる。
ミカエル
シリウスの教育係として
ローゼリアがつけた執事見習い。

プロローグ

たくさんの隣国に囲まれた小さな国、ミーマニ王国。

大地は緑に溢れ、山々から流れる清らかな川が土を肥やす。その土で育まれた上質な作物が自慢の、穏やかな国だ。

この日、そんなミーマニ王国に、祝福の鐘が鳴り響いていた。

ローゼリア・ドラニクス侯爵令嬢と、ロベルト・フィベルト公爵家嫡男の結婚を祝う鐘の音。

積もりたての新雪を紡いで仕立てたかのような純白のウェディングドレスを身にまとう花嫁、ローゼリアは誰もが息を呑むほどに美しかった。

すらりと伸びた背筋にしなやかな体。少し赤みを帯びた栗色の髪、秋の麦畑のような小麦色の瞳。

その艶やかな姿は、一本の薔薇のよう。

そして何よりも彼女の美しさを際立たせていたのは、来賓たちの心からの祝福と、隣に立つ新郎の存在だった。

幸せに満ち足りた微笑みは、彼女の身につけるどんな装飾品よりも輝いていた。

この笑顔と祝福に溢れた結婚式は、後々まで語られることとなる。

鐘の音は日が落ちるまで鳴り響いていた。


その日の夜。

「ローゼリアでございます。フィベルト家の皆様、不束者ですが今日からロベルト様の妻として、改めましてよろしくお願い致します」

フィベルト公爵家に、新たな家族が増えた。

ローゼリア・フィベルト公爵夫人。

先ほど、フィベルト公爵であるロベルトとの結婚式を終えてウェディングドレスを着替えたばかりの花嫁である。

栗色の艶やかな髪は腰まで伸ばされて、彼女のすらりとした美しい立ち姿に花を添えている。

部屋着のドレスをつまんでのカーテシーは、教科書に載せられそうなほど洗練されていて、見る者が思わずため息を漏らすほどだ。

「リア、改めてよろしく。君の部屋はすでに準備してあるから、今日はゆっくり休んでね。結婚式って花嫁が一番大変だから」

夫となったロベルトは、今日から妻となったローゼリアをいつものように愛称の「リア」と呼んだ。

この国では珍しい亜麻色の髪に、新緑を溶かしたような瞳。

浮かべる笑顔は蕩けるように甘く、穏やかな声は川のせせらぎのようにいつまでも聞いていたくなる魅力を持つ。

それらを向けられた女性は、熟れ切った桃の甘すぎる果汁に喉を焼かれたような心地に襲われるという。

互いが四歳の頃に婚約を決められたロベルトとローゼリアは、領地が隣同士なこともあり、顔を合わせない日のほうが少なかった。

穏やかな性格のロベルトと、お転婆娘だったローゼリアは、時に姉弟のように、時にはよき相棒として、そして愛しい恋人として、結婚式を迎えるずっと前から唯一無二の人生のパートナーとなっていた。

そんな二人がこれからは夫婦として、ともにフィベルト公爵家を盛り立てていくのである。

「ロベルト様ったら、私がこの程度で疲れてしまうとでも？　そんなに貧弱ではございません。部屋で休む前に、屋敷を案内してくださいませ」

「今さら案内が必要かい？」

「もちろんですわ！　どこに何があるかは把握しておりますが、妻として新鮮な気持ちで歩いてみたいのです」

ふふん、と胸を張ってみせるローゼリアに軽口を返すロベルト。

つい先ほど結婚式を終えたばかりの新婚夫婦とは思えない、息の合ったやり取りだ。

「まずはマーガレットに挨拶したいわ。これからは私の義妹となるのですもの」

「そう言うと思ったよ。部屋で着替えて待っているように言ってあるから、今から行こうか」

二人は手を取り合い、微笑みながら歩いていった。

「ロベルトお兄様、ローゼリア様。ご結婚おめでとうございます。お二人が結ばれる今日という日を私も楽しみにしておりました」

愛らしくカーテシーを見せてくれたのはロベルトの実妹、マーガレット・フィベルト。

兄のロベルトと同じ亜麻(あま)色の髪を結い上げた、可愛らしい少女だ。

若葉のような黄緑色の瞳は、新しい義姉を温かく迎えている。

絶やされることのない穏やかな笑みは兄のロベルトのそれによく似ているが、マーガレットの笑顔は春の陽だまりのように見る者の心を和らげる。

「まあ、マーガレット。今日から貴女は私の義妹(いもうと)なのよ？　昔みたいにおねえさまと呼んでほしいわ」

フィベルト公爵家と昔から家ぐるみの付き合いがあったローゼリアにとって、マーガレットは実の妹も同然の存在だ。

小さい頃は「ローゼリアおねぇさま」と自分の後をついてきたマーガレットが、成長するにつれて「ローゼリア様」と他人行儀な呼び方になってしまい、内心はとても悲しんでいた。

(でも、今日からは義妹(いもうと)！　義妹(いもうと)だからおねえさま呼びは当然なのよ！)

期待でいっぱいの視線を向けられて、マーガレットは少しためらってから口を開いた。

「ロ、ローゼリア、お義姉(ねえ)様……」

「マーガレット!!　おねえさまよ！　私が貴女のおねえさまよ！」

女性にしては背が高いローゼリアの腕のなかに、マーガレットはすっぽりと収まってしまう。

温かくて柔らかく、ほんの少し甘い香りは、ローゼリアの幼い記憶と変わらない。

お互いに淑女教育などが忙しかったせいで、こんな気兼ねのないスキンシップは久しぶりだった。

妻と妹のやり取りを見守っていたロベルトは、侍女に促され時計を確認してから二人に声をかける。

「こらこら、リア。これからはたくさん呼んでもらえるんだから、はしゃがないの。マーガレットも明日からは学校なんだから早く休みなさい？」

「はい、お兄様。ローゼリア……お義姉様、本日はお疲れ様でした。ゆっくりおくつろぎになられてくださいませ」

ロベルトとローゼリアは、二人で寝室に向かった。

「マーガレットったら、私たちの結婚式のために学校を休んでくれたのね。授業は大丈夫なの？」

「必要な単位はもうすべて取ってしまっているんだ。本当ならもう何日か休んでも問題はないんだけど……学園からすぐに戻るように頼まれたらしくてね」

ローゼリアは大きくため息をついた。

「相変わらず、あのお馬鹿様は好き放題してるのね。まったく……」

マーガレットはまだ学生。王都の貴族子弟が通う学園に通っている。

フィベルト公爵家から王都まで、馬車を使っても片道で三時間の距離があるため、普段は学園の寮で過ごしている。

その学園には、ミーマニ王国の王太子、オズワルドも在籍していた。
オズワルド・ミーマニ王太子殿下……ローゼリアがお馬鹿様と呼ぶ彼が、残念なことに、マーガレットの婚約者なのである。

第二側妃の息子であり第四王子であったオズワルド。彼が王太子となったのは、ある複雑な事情によるものだった。その立場を強めるための後ろ盾として、歴史あるフィベルト公爵家の娘であるマーガレットが王命により婚約者に選ばれてしまったのだ。

なぜ、ローゼリアはオズワルドをお馬鹿様と呼ぶのか？

それは、彼がまさしくお馬鹿だからである。

王族の証であるきらびやかな金髪、上質なサファイアを埋め込んだような青い瞳。強い日差しを知らない、ビスクドールのような白い肌。

その姿はまるで絵本に描かれた王子様がそのまま飛び出してきたかのように、それはそれは美しい。

しかし、肝心の性格は童話の王子様とは対極にある。

わがままで心が狭く、癇癪（かんしゃく）持ちで自分勝手。それでいて何においても自分が一番でないと気が済まないという、大変困ったお人なのだ。

たとえば「今日は上質な肉料理が食べたい」とわがままを言って作らせた料理を、いざ目の前に運ばれてくると「やはり気分ではないから魚料理に変えろ」とまたわがままを言って拒否する。戸惑う料理長に、「王太子である自分の言うことが聞けないのか」と熱々のステーキを投げつけた話は有名だ。

学園では金を握らせた取り巻きをぞろぞろと引き連れて、授業にも出ず遊び呆けている。教師たちすら恐れて放置している彼らを諫めることができる、唯一の人物がマーガレットだった。

王太子の婚約者であり、次期王妃として毎日厳しい教育を受け続けるマーガレットは、元々の真面目で努力家な性格もあり、貴族子弟の集まる学園でも、学業からマナー、ダンスに至るまで常にトップを誇っている。

マーガレットはそれだけの成績を収めながら、自分のことだけでなくオズワルドの単位取得や素行にも気を遣い、彼が問題を起こせば早急に対処する日々を送っているという。

ローゼリアからすれば、お馬鹿様の頭のなかは、それこそビスクドールのように空洞なのではないかと疑いたい気持ちでいっぱいだった。

さらに言えば、可愛いマーガレットの手を焼かせる馬鹿の空洞の頭に藁でも詰めてやりたいとも思っている。

「明日早くに学園へ戻るみたいだから、リア特製のクッキーを持たせてあげたらどうかな？　甘いものは元気が出るからね」

「そうですわね、ロベルト様。マーガレットの好きなクルミのクッキーをたくさん焼いてあげましょう」

ロベルトも、妹のマーガレットのことを目に入れても痛くないほどに可愛がっている。

だからこそあのお馬鹿様との婚約を解消できないかと幾度も国王陛下に願い出ているのだが、いまだに聞き入れてもらえていない。

学園を卒業すれば、それと同時に婚姻が待っている。

それまでになんとしても、可愛い妹があんな男に嫁ぐのを阻止しなければならない。

「私も全力でお手伝い致しますわ、ロベルト様。私にとっても可愛い可愛い義妹ですもの」

「頼りにしているよ。でも、あまり無茶はしないでね？　君も、僕の世界で一人だけの大切な奥さんなんだから」

「まあ、嬉しいですわ」

幸せな笑い声とともに、フィベルト家の夜は更けていった。

結婚式からあっという間に三ヶ月の時が経ち、ローゼリアはすっかりフィベルト公爵家の領地に馴染んでいた。

「奥様！　作物泥棒です‼　今年取れた麦を、馬車にたっぷり載せて逃げていきやがりました‼」

「なんですって⁉　馬車の数と逃げた方向は？」

「北東の方角に、馬車は五台、幌つきです‼」

農民たちと世間話に花を咲かせていたローゼリアは、ご馳走になっていた蒸かし芋を急いで頬張り、水を一気に喉に流し込むと裾の長いドレスをものともせず走り出した。

手にへばりついた芋の皮をドレスの裾で拭ってから、高らかに指笛を鳴らす。

嘶きとともに現れたのは、ローゼリアの髪と同じ栗色の毛の美しい牡馬だった。

「シュナイダー、追うわよ!!」

ローゼリアがドレスをひるがえしてすばやく飛び乗ると、シュナイダーと呼ばれた牡馬は心得たとばかりに蹄を鳴らす。

この領地内で馬車が何台も走れるほど広い道は限られている。

そして北東の方角で作物泥棒たちが身を隠せそうな場所、または盗品を売りさばきそうな場所となればさらに絞り込まれる。

狭くはない領地の地図を頭のなかに広げ、不届き者に追いつくための最短ルートを組み上げた。

彼らよりも自分のほうが数段有利であることを、ローゼリアは確信していた。

馬車では入り組んだ森のなかを走ることも、障害物を飛び越えることもできないからだ。

シュナイダーに跨り手綱をさばけば、狭い木の間を擦り抜け、大きな岩も簡単に飛び越えられる。

目標の馬車はすぐに発見できた。

先回りして小高い丘から飛び降りると、先頭の御者が驚き、力任せに手綱を引っ張る。馬車を引いていた馬が驚いて暴れ回った。

それに釣られたように、後ろについていた泥棒馬車の馬たちも立ち止まって暴れ出し、荷台が一つ倒れる。突然の事態に、泥棒たちはみっともなく慌てていた。

ローゼリアがいることを忘れ、落ちた荷物に群がってどうにか無事な荷馬車に積み込もうとしている。その隙に、ローゼリアは暴れる馬たちにためらいなく近づき、手早く馬たちを落ち着かせていった。鞍と手綱を外すと、皆嬉しそうに走り回る。

「あらあら、みんなずいぶん走り足りなかったのね。かわいそうに」

贅肉のつき方や筋肉の衰え具合から、馬たちが馬車を引くための道具としてしか扱われていなかったことはすぐにわかった。

体を千切らんばかりに喜び走り回る姿を見ると、ストレスもたっぷり溜め込んでいたようだ。

「シュナイダー、あの子たちをお父様のところに案内してあげなさい」

ローゼリアの言葉を聞いてシュナイダーは心得たとばかりに駆け出し、解放された馬たちは喜び勇んでシュナイダーについていった。

ローゼリアの父、アルゴス・ドラニクス侯爵は馬をこよなく愛する人で、ローゼリアは幼い頃から「いいかローゼリア、馬が人間を乗せてくれていると覚えなさい。彼らに感謝と敬意を忘れてはいけない。人間が彼らよりも優れているところなど、一つとしてないのだからな」と聞かされて育ったほどだ。

そんな父の言葉を思い出していると、ようやく異変に気づいた男たちが何か喚き始めた。

「よくもうちの馬を盗みやがったな!!　料金払え!!」

「ダメになった荷台と荷物代もよこしな!!」

普通の令嬢なら竦み上がるだろう汚らわしい罵声に、ローゼリアはにっこりと微笑む。

「ごめんなさいね？　私、泥棒語は嗜んでおりませんの。人間の言葉でお話ししていただきたいわ」

その言葉に男たちは顔を真っ赤にして、唾を飛ばしながら何事か喚き散らしながら、腰に巻いていた短剣を振り回し始めた。

全員が武器を抜いたことをしっかりと確認してから、ローゼリアはふわりと飛び上がる。そして太い木の幹を蹴ってくるりと回転し、その勢いで泥棒の背中に思い切り蹴りを入れた。

「ぎゃあっ……ぐっ……」

蹴られた大男は泡を吹き、ろくに悲鳴も上げられないまま地に倒れ伏す。

「皆様ご存じ？　背中から肺に直接強い衝撃を与えると、一時的に呼吸が止まるんですって。もちろん、一時的ではなく永久に止める方法もございますのよ。よろしければご覧に入れましょうか？」

にっこりと微笑むと、それを見た者たちは額を土に擦りつけて降伏した。

蹴り飛ばされた泥棒はヒューヒューと細い息を漏らし、顔は青白く冷や汗をびっしりとかいている。

自分よりも大きな男をたった一蹴りで沈め、息一つ乱さず微笑む美しい女性は、ゴロツキたちには未知の化け物にしか見えなかったのだ。

泥棒たちは村に連行される間、何度もローゼリアに謝罪と命乞いをしていたが「貴方たちが謝罪するべきは、丹精込めて育てた麦を未熟な状態で刈り取られてしまった農家の皆様よ。まあ、貴方たちがいくらお粗末な謝罪を並べようと、その汚らわしい首を捧げようとも、麦は戻らないわ。そのことをきちんとその軽そうな頭に入れて謝罪の言葉を考えるのね」と冷たく言われると、真っ青になって黙りこくってしまった。

彼らは農民たちに何度も頭を下げた後、馬舎での監視付きの労働という罰が決まった。

畑一面分の麦が潰されてしまったため、被害にあった畑の持ち主は、税のために貯蓄をだいぶ削らなければならなくなった。その分を賠償させることにしたのだ。

泥棒たちは今後、これまで道具として扱ってきた馬の世話をしながら朝から晩まで働き、最低限の衣食住を保障される代わりに給与はすべて賠償金に充てられる。

馬舎番は、かつて騎士として腕を鳴らした者や、戦場を走り回った経験のある男たちばかりだ。彼らの監視を逃れることは難しい。

だが、冷たい牢に何年も放り込まれるよりはマシだろう。

「というわけで、これがその報告書ですわ、ロベルト様」

「うん、妥当な対応じゃないかな。ありがとう、リア」

畑を荒らされたからといって、簡単に税を軽くすることはできない。そう虚言して税から逃れようとする民もいるためだ。

被害にあった畑の持ち主の青年は、損失が戻ってくるのに時間がかかる分、損をする結果になってしまったが、その後、彼を筆頭に畑の見回りを強化しようと新たな働きを見せているらしい。

また、いざという時のためにきっちりと貯蓄をしていたことから、近所の奥様方から堅実な殿方と評判になり、次々と縁談が舞い込んでいるということだった。

禍(わざわい)を転じて福と為す、という結末を祈るばかりである。

公爵夫人としての楽しくも忙しい毎日は、あっという間に過ぎていった。

もうすぐ学園が長期休暇に入り、マーガレットが帰ってくる。

フィベルト家の使用人たちはそわそわと浮かれ出し、いつも隅々まで磨き上げられている部屋の床や窓はもちろん、メイドたちはマーガレットが気に入っている花柄のティーセットや小鳥の刻印が入ったシルバーをしっかり磨いて帰りを待ちわびる。

庭師たちはいつにも増して気合をいれて芝を美しく整え、長期休暇に合わせて植えたらしい球根が順調に蕾をつけるのを満足げに眺めていた。

領民たちも、ローゼリアがに視察に訪れるたび「マーガレット様はいつ頃お帰りになられますか？」と毎日聞いてくる。

特に楽しみにしているのが孤児院の子どもたちで、少年たちは森に入り「マーガレット様のために宝を探しに行くぞ！」と探検隊を結成しては孤児院を管理するシスターに止められている。

ちなみに彼らの言う宝とは、綺麗な花やコケモモだそうだ。

花は押し花に、コケモモはジャムにしてマーガレットにプレゼントするんだと息巻く彼らは、今日も懲りずに探検を画策する。

見ている分には微笑ましく愛くるしいが、毎日駆けずりまわるシスターを見ると、子どもとは残酷な生き物だとローゼリアは思う。シスターを手助けするより、可愛らしい子どもたちを眺めることを大人に選択させてしまうのだから。

領地全体がマーガレットの帰りを心待ちにしていた。

マーガレットから「来週帰る」としたためられた手紙も届き、領民たちはさらに浮かれていた。

しかし、そんな夜にマーガレットは思わぬ姿で帰ってきたのだ。

雨が叩きつけるように降り注ぐ、不気味な夜だった。

第一章　可愛い義妹が婚約破棄されました

ロベルトとローゼリアは、ワインと今年熟成が終わったチーズを楽しんでいた。

そんななか、正門のほうがやたらと騒がしくなり、不審に思っていると、メイド長のアンナが珍しく慌てた様子で部屋に入ってきた。

「ろ、ロベルト様！　緊急事態でございます!!」

「どうしたんだい？　そんなに慌てて、君らしくもない」

「まあ、こんな時間にどうしたの？」

「先ほど、学園の紋が描かれた馬車が公爵領内に立ち入り許可を求めてまいりました……！」

アンナの言葉に、ロベルトは怪訝な顔をする。

マーガレットが帰るという手紙や伝言は届いていない。

学園の長期休暇は来週からの予定だ。

何より、こんな夜中に学園の馬車を使って帰ってくるとは、何かあったとしか思えない。

「馬車には、マーガレット様が乗っておられました。……報告によると怪我をなさり、気を失っているとのことです」

「なんですって⁉」

「……詳しく説明を頼む」

ロベルトの口調は穏やかだが、声色は氷のように冷たい。

「マーガレット様は現在、私兵用の救護舎で手当てを受けてお休みになられているそうです。幸い、痕や後遺症が残るような大怪我ではないとのことです。馬車の御者は事情聴取のため、見張らせております。……報告は以上になります」

アンナの言葉も淡々としているが、瞳は怒りに燃えている。

彼女はマーガレットが赤子の頃から仕えている。

今すぐにでも飛んでいきたい気持ちを必死にこらえているのだ。

「馬を用意してくれ。僕とリアが行くから、君たちはマーガレットのベッドの用意を頼むよ」

「かしこまりました。消化によいお食事と、お風呂もご用意致します」

アンナは手早くロベルトとローゼリアの馬を用意させた。

「ロベルト・フィベルト公爵だ！　すぐに妹のもとへ案内してほしい！」

馬を降りて救護舎の前で声を張ると、なかから飛び出してきた看護師が引っ張るように二人を連れ込んだ。

マーガレットは清潔なベッドに寝かされ、荒い息でうなされながら眠っていた。

体は布団がかかって見えないが、頬にガーゼが貼られているのを見て、二人は血の気が引く思いだった。

「おそらく素手で打たれたものかと……腫れておりました」

「なんだって⁉　ほかの傷の記録も見せなさい！」

滅多に声を上げることはないロベルトだが、さすがに耐えられなかったようだ。

ローゼリアは眠るマーガレットを今すぐに抱きしめてあげたかった。

しかし、青ざめて苦しげに喘ぐマーガレットは、ヒビの入ったガラス細工のように、触れた途端に崩れてしまいそうだった。

公爵家の娘であり、王太子の婚約者のマーガレットに対して暴力を振るう人間などいないはずなのに。

その時、わずかに稲光が走った。

近くで飼われている家畜たちが怯えて嘶き、それを慰めるように番犬たちの遠吠えが響く。

「た、大変だ‼　馬車が‼」

「止めろ止めろ‼」

「近づくな！　蹴られるぞ‼」

外が何やら、騒がしい。

「貴方たち！　何を騒いでいるの⁉」

堪らなくなりローゼリアが外に飛び出すと、私兵たちが駆けてきた。

「も、申し訳ございません‼　学園の馬車を引いてきた馬が、突然暴れて飛び出していったんです！　とても手がつけられなくて……」

鞍を外して休ませていた馬が、家畜の声に驚き、暴れて逃げ出してしまったらしい。

王都育ちの馬は、自分以外の動物を人間しか知らないことが多い。手綱も外してしまい、手がつけられないそうだ。

学園の馬は国王から寄付されたもので、怪我をさせれば調度品を壊すのと同じ処分が下る。

「まったく……そんなことで騒いでいたの？」

ローゼリアはため息をついてから、指笛を吹く。栗色の愛馬シュナイダーは風のように馳せ参じた。

「ちょっと行ってくるから、ロベルト様に大丈夫だと言っておいてちょうだい」

すばやくシュナイダーに跨ると、ローゼリアは駆けた。

例の暴れ馬はすぐに見つかった。兵が注視しているが、何もできずに硬直している。

「フィベルト公爵当主が妻、ローゼリア・フィベルトが通る‼　そこの者、全員邪魔よ‼　早く去りなさい‼」

つむじ風のように駆けるローゼリアの声が届くと、兵たちは蜘蛛の子を散らすように逃げ去った。

邪魔者がいなくなり、ローゼリアはすばやくシュナイダーを暴れ馬に並走させる。そして鞍に足を乗せると、勢いをつけて暴れ馬の背に飛び乗った。

「どう、どう、どう」

鞍も手綱もない裸馬の首にしがみつき、足で腹部をとんとんと蹴る。

リズミカルに蹴りを繰り返すと、馬はだんだん落ち着いていった。

やがて、ぽくぽくと穏やかな足取りになっていく。

「よし、よし……いい子……この子の鞍と手綱を！　すぐに持ってきなさい！」

遠くからぽかんと眺めていた兵たちは、弾かれるように馬舎へ走っていったのだった。


馬を無事に引き渡したローゼリアが救護舎に戻ると、マーガレットはまだ眠っていた。

「ロベルト様はどちらに？」

「馬車の御者から直接話を聞いてくるとのことです」

看護師が答えて、数分後にロベルトは戻ってきた。

「リア、さっきは本当に助かったよ。ありがとう。こっちも終わったよ」

「おかえりなさいませ。私にも詳細をお聞かせください」

部屋を変えて、ロベルトは語り始めた。

事の始まりは今日の夕方、学園でパーティが開かれたそうだ。

長期休暇の前に生徒たちで楽しもう、といった趣旨のパーティで、マーガレットも招待を受けたらしい。

「御者が、マーガレットの友人からの手紙を持っていたよ」

ロベルトが広げた手紙には、ローゼリアも見覚えのある伯爵家のサインが書かれていた。

貴族は、わざと綴りを変えたり文字に癖をつけたりした、他人には真似できないサインを持っていて、蝋印などが用意できない緊急時に使用する。手紙に書かれていたのはそのサインである。

「マーガレットの同級生だ。何度も手紙をくれている子だから間違いないと思う」

「ええ、私も見せてもらったことがありますわ」

その手紙は、こう始まっていた。

〝オズワルド王太子殿下が、マーガレット様に婚約破棄を言い渡しました〟

時は少し戻り数刻前、舞台は学園に移る。
「マーガレット！　貴様のような家柄しか取り柄のない醜悪で浅ましい女にはほとほと愛想が尽きた！　今まで散々貴様の顔を立ててやったというのに、私の愛するエンジェラを陥れるなど許せん！　貴様との婚約は破棄だ！」

それは、学園で行われたパーティで突然始まった茶番だった。

三ヶ月前に特別編入をしてきた男爵令嬢、エンジェラ・ルーバーに対して、マーガレットが持ち物を隠した、悪口を流した、池に落とした、ドレスを切り裂いた……などなどと怒鳴るのは、マーガレットの婚約者にしてミーマニ王国王太子殿下、オズワルドだ。

彼の周りには騎士団長の息子や宰相の息子など、十数人の見目麗しい男子生徒たちが集まっており、オズワルドの腕にしがみつく愛くるしい少女、エンジェラを守るように囲んでいた。

「マーガレット様、ごめんなさい!! エンジェラが悪いんです……マーガレット様は誰にも言うなって……ぐすっ」

「君は悪くないよエンジェラ！」

「怖かったね、もう大丈夫だよ！」

わらわらとエンジェラにたかる周りの男たちは、さながら砂糖菓子に集まる蟻のようだ。

そんな蟻たちを、パーティに参加していた生徒たちは冷ややかな目で眺めている。

マーガレットとオズワルドの不仲は、学園に所属する生徒たちはもちろん、この国の貴族なら誰もが知る事実だ。

オズワルドの実母は第二側妃であり、伯爵家の出身である。

本来は王太子になれるはずがなかったオズワルドの立場を強めるために、王国建国時から続く名家であり、多くの姫君が嫁いでいったフィベルト公爵家の血を取り込もうという魂胆で決められた、完全な政略結婚。

王の勅命であるにもかかわらず、オズワルドはマーガレットに対して誰もが眉をひそめるような扱いをしてきた。

婚約してから一度として贈り物をしたこともなく、パーティでは仏頂面でファーストダンスを踊ると、役目は果たしたとばかりにほかの女性たちを侍らせ、飲んで食べて騒ぐばかり。

パーティに招かれた客人たちの対応はすべてマーガレットに丸投げ。

マーガレットは挨拶や親交のダンスに加え、気まぐれに癇癪を起こすオズワルドを諫め、ほうぼうへ謝罪に回る。彼女がオズワルドとともに訪れたパーティでは一口の水すら口にできない、ということは珍しくなかった。そんな姿を、多くの貴族たちが目の当たりにしている。

　そして今、下位貴族の娘の腰を抱きながら、彼女にたかる蟻のごとき男たちとともに根拠のない言いがかりの罪状を高らかに読み上げるオズワルドの姿は、醜悪そのものだった。

オズワルドの喚き、エンジェラのすすり泣き、蟻男たちの怒声、すべてがただの騒音となり、生徒たちの心は冷たく凪いでいく。

その空気を感じ取ったのか、オズワルドは唾を飛ばしてさらに怒鳴り散らす。

マーガレットはそんな様子を哀れむように見ていた。

「婚約破棄と申されましたが、オズワルド様に私たちの婚約を取り消す権限はございません。そちらのエンジェラ嬢と仲良くなさりたいなら、どうぞお好きになさればよろしいかと存じます。しかし、お忙しい陛下と王妃様を困らせるような間違いだけは起こされませんように……王太子殿下？」

淡々と、無の表情で告げるマーガレットは冷静だった。

もう慣れてしまったのだ。婚約破棄という言葉も、下位貴族を侍らせている婚約者の姿にも。心に波風すら立たなかった。

彼女の頭には、この後の生徒たちへの対応と教師たちへの報告、王城への報告書をまとめてから第三者に証言をもらって国王に進言など、この後やるべき仕事をどのようにさばいていけば長期休暇を削らずに済むかという事務的な考えしかなかった。

怒りも悲しみも、嫉妬心も羞恥心もなく、淡々とした思考。

そんな態度と周囲からの冷たい視線に耐えられなくなったのか、頭に血が上ったオズワルドはマーガレットの胸倉を掴み、美しいかんばせを思い切り殴りつけた。

「い、痛い！　指がぁ!!」

しかし、痛みに悶えたのはオズワルドのほうだった。

突然殴られても、マーガレットは声を上げなかった。だが衝撃で、身につけていたイヤリングが外れてオズワルドの足下に転がった。

それまで崩れなかった表情に焦りを浮かべ、マーガレットがそれを拾おうとしたのを見逃さなかったのが、エンジェラだ。

「オズワルド様!!　大丈夫ですか!?」

彼女はオズワルドを心配して駆け寄るふりをして、イヤリングを思い切り踏みつけた。

「あっ……！」

バキバキッという不吉な音に、マーガレットは大きく目を見開いた。

「きゃあぁっ！　マーガレット様ごめんなさい！　謝りますからそんなに睨まないでくださいませ！」

エンジェラの甲高い声に、オズワルドはマーガレットに非難の目を向けた。

「オズワルド様！　マーガレット様のイヤリングを壊してしまいましたぁ～睨んでます～」

「ふん、イヤリング一つで心の狭い女だな！」

オズワルドはエンジェラを抱きながら、初めて見るマーガレットの絶望の表情に恍惚を覚えた。

新しい玩具を与えられた子どものような笑みを浮かべて、粉々になったイヤリングを呆然と見つめるマーガレットに近づく。

「もう一つもよこせ！」

「い、いやです！　これはお母様の形見……これだけは……!!」

「うるさい！　私に逆らうか公爵家風情が!!」

マーガレットは残ったイヤリングを耳から外し、両手のなかに固く握り締めた。

しかしオズワルドが目配せすると、男たちが嬉々としてマーガレットを取り囲み、腕や髪を引っ張り、背中を蹴り飛ばした。

マーガレットは亀のように丸くなりイヤリングを守ろうとしたが、男たちからの攻撃はどんどん激しくなり、無理やり立たされて突き飛ばされ、腕を踏みつけられて、ついにイヤリングはマーガレットの手のひらからこぼれた。

それをオズワルドは、男たちに押さえつけられたマーガレットの目の前で何度も踏みつぶし、原形がわからなくなるほどに粉々にした。

それを唖然として見つめることしかできない、ボロボロになったマーガレットを見て、オズワルドは満足したのか取り巻きを引き連れてパーティ会場を後にしていった。

醜悪な笑い声がホールに響き、そのあまりにもおぞましい光景に、生徒たちは凍りついたように立ち尽くす。

これがいずれ一国の王として君臨する男のやることなのか？

皆の顔に恐れと不安が浮かぶなか、パーティホールに数人の男女が駆け込んできた。

マーガレットの友人であり、王族に連なる上位貴族の家系、もしくは王家に仕える、発言力の強い親を持つ生徒たちだ。

パーティホールは、学園に数か所存在する。

オズワルドとエンジェラの取り巻きたちの策で、彼らへの招待状には違うホールが開催場所として記されていた。

全員同じ封筒を使われていたため、わざわざ互いに場所を確認することもしなかったのだ。

まさか、マーガレットを孤立させるためだけにそんなことをするなんて、誰が想像できるだろうか？

そしてオズワルドの作り上げた茶番の観客として招かれた生徒は、下位貴族の娘や家の後継者から外れた良家の次男や三男など、立場の弱い者ばかりだった。

暴力を振るわれるマーガレットを、ただ傍観することしかできなかった彼らを責めるのは難しい。

あそこで一言でもオズワルドの意に沿わない発言をしていたら、明日にはその者の家名は消えていたとしてもおかしくないのだ。

マーガレットの友人たちが初めからパーティに参加していれば、オズワルドの愚行を余さず記録し、国王と重鎮たちに報告が回っていたことだろう。

しかし、彼らは別のホールに誘導された。

事件の後、その場に居合わせた生徒たちから事の一部始終とオズワルドたちの言動の証言をできる限り収集したが、証言だけではあまりにも弱すぎる。

パーティの招待状についても、手違いだと言われればそれ以上の言及は難しい。

上位貴族の子女といえども一介の学生に過ぎず、未成年の彼らにできることは残っていない。

しかし、彼らの思いは一つに固まった。

オズワルドをこのまま王にしてはならない。

そして、マーガレットにこれ以上の我慢を強いることは、彼女の身に危険をもたらすことになるだろう、と。


マーガレットの身に起きたことの顛末が綴られた長い手紙は、インクが滲み、ひどい悪筆だった。よく知った賢い少女の手紙からは想像もつかない、荒々しい怒りに満ちた文字だった。

「傷の記録を残せば王太子たちの犯行の証拠になります。逆に治ってしまえば証明が難しくなるし、マーガレット様が目覚めたら事を大きくしないように黙っていてほしいと言うだろうから、証拠と一緒に本人を帰します。手当てもせず付き添いもなく、傷ついたマーガレット様を馬車に乗せたことは私の独断ですので、処罰は私に……とのことだ」

「確かにこの怪我なら、一週間もあれば目立たなくなってしまうわね」

国王夫妻は今、隣国へ外交に出かけている。おそらく婚約破棄はオズワルドの独断だろう。

国王が帰ってきたら、事件が丸ごとなかったことにされる可能性は高い。

封筒には、ハンカチに包まれたイヤリングの欠片も入っていた。

原形を留めていなかったが、瑠璃(るり)色の珊瑚(さんご)の欠片は間違いなく、マーガレットの母親、マリアの形見のイヤリングだった。

ロベルトとマーガレットの実母、マリアはマーガレットがまだ幼い頃に亡くなった。

マーガレットに残された記憶は、マリアがとても優しい母親で、幼き日の自分は母が大好きだったというだけのおぼろげなもの。

だからこそ、自分に託されたイヤリングは、マーガレットにとって母親の存在を確かなものにしてくれる何よりの宝だった。

それを取り上げられ、踏みにじられた。

どんなに悲しかっただろう。

どんなに無念だっただろう。

「うふふ、うふふふふ」

「リア、僕も同じ気持ちだよ」

「ええ、ロベルト様。うふふふ」

ローゼリアの唇からは嗤（わら）いが溢れて止まらない。

国のために、自分のすべてを捧げて尽くしてきた少女への横暴は、届いてはいけないところに届いてしまったのだ。

――殴ったんだから、殴られても文句は言えないわよね？　お馬鹿様。

ロベルトは、すぐさま学園にマーガレットの療養休暇を申し出る手紙をしたためた。

本来ならすでに卒業に必要な単位をすべて取得しているため、申請を出さなくても休めるのだが、マーガレットが学園に戻れないほど体調を崩しているという証明書は、後々の裁判で役に立つだろう。

そのための手紙なのだ。

そしてマーガレットが眠っている間に、傷の記録は一つ残さず取ることができた。

ドレスに残っていた足跡に、王都に一軒しかない靴屋のオーダーメイド品にのみ刻まれるマークが見られたため、サイズを測ればその足跡の主はすぐに特定された。

そこから芋づる式に、オズワルドと彼から滴る甘い蜜にたかる蟲（むし）たちの情報を得ることもできた。

そしてローゼリアは、マーガレットが寮に残してきた荷物を取りに行くという名目で学園に向かうことにした。

情報を目視することはとても重要なのだ。

「いいのかいリア？　おそらくあまり楽しい母校見学にはならないよ」

「ええ。けれどロベルト様がマーガレットの兄なのは、あのお馬鹿様も知っていますからね。私が行くほうが、向こうも先手を取りにくいでしょう？」

できることなら学園の詳しい内情が知りたい。きちんと事実と状況を把握しなければ、効果的な攻撃方法は見えないのだから。

目を覚ましてからこの数日、マーガレットは空元気に振る舞っているようだった。

ロベルトが事情を知っていることを伏せて、学園で何があったのかと尋ねたところ、マーガレットは「オズワルド様から婚約破棄を言い渡されましたの……あの方のわがままを止められなかったのが悔しいですわ。私のお役目なのに」とだけ告げた。

怪我に関しては転んだ、イヤリングは転んだ拍子に壊してしまったとしか話さず、いつもと変わらず明るい様子を装っている。

おそらく、本当のことを話せばロベルトやローゼリアが激怒して、王太子だろうが学園だろうが叩き潰すために立ち上がると勘づいているのだ。

しかし、相手は腐っても王族。家を巻き込んではならないと、いざとなれば自分一人が罪を被れるようにと、事実を話そうとしないのだ。

——ごめんなさいね、マーガレット。貴女の気持ちは受け取れないわ。私もロベルト様も、可愛いマーガレットをここまで侮辱されて黙っていられるほど、大人しい人間ではないのよ。

「リア、頼んだよ。マーガレットのことは任せておいて」

「ええ、せっかくだから思い切り遊ばせてあげて。今まで王妃教育が忙しくてそんな時間、なかったんだもの」

たくさんの時間をあのお馬鹿様の妻となるために費やしてきたマーガレット。

たくさんたくさん努力してきたマーガレット。

「ささ、て、お馬鹿様たちにご挨拶に参りましょうか」

ローゼリアはころころと、ころころと嗤(わら)う。

ローゼリアは学園へ向かう馬車に揺られながら、ぼんやりと外を眺めていた。

馬車に描かれている家紋はフィベルト公爵家ではなく、彼女の生家であるドラニクス侯爵家のもの。

フィベルト家が動いていることを学園に悟られないほうが、下手に取り繕われなくていいだろうと思い、家から馬車を借りたのだ。

窓を流れる景色を眺めながら、ローゼリアは大きなため息をついた。

なぜこんなことになってしまったのか、と。

事の始まりは十二年前までさかのぼる。

当時、ロベルトとローゼリアは八歳。マーガレットは四歳。

まだ五歳だったあのお馬鹿様ことオズワルド王太子殿下は、元々第四王子だった。おまけに第二側妃の息子であり、母親の生家は伯爵家。

侯爵家生まれの正妃は二人の男児に恵まれ、隣国の元第二王女である第一側妃にも男児が一人生まれた。

オズワルドが王太子になれる可能性は限りなく低かったのだ。

あの恐ろしい流行り病さえなければ。

十二年前、このミーマニ王国に広がった流行り病でたくさんの国民が亡くなった。

病には特効薬が存在したが、その特効薬の要となる薬草はミーマニ王国の気候では育ちにくく、ほとんどを他国からの輸入に頼っていた。

不幸は続き、その薬草がどの国でも不作だったのだ。

ただでさえ他国から買いつければ割高になるのに、不作ならなおさらだ。

国全体に行き渡るほどの量を仕入れるとなると、病が終息しても国内が貧困に喘ぐことになるのは誰の目にも明らかだった。

そのため、病の特効薬が存在することは民に秘匿され、王族と有力な貴族が優先的に薬を支給された。

その後、貴族が自分の治める領地から人間を選別して薬を分け与える手筈となっていたが、それに反対する女性がいた。

ロベルトとマーガレットの実母、マリア・フィベルト公爵夫人であった。

「恐れながら、国王陛下は国内に争いの火種を放り込むおつもりですか？　この病に苦しむ民が何人か、それにより親や子どもを亡くした民が何人かご存じでして？　そんななかで突然病を克服した人間が現れれば、怒りの矛先を向けられるのは彼ら自身でございます。陛下におかれましては、命を救う薬を、人柱を作る毒に変えるおつもりですの？」

もちろん、問題はそれだけではない。

一度特効薬の存在を秘匿してしまった以上、薬の材料が足りないから大量生産ができないという事実を告げたところで民は信じるわけがない。

今もどこかに薬が大量に隠されているのかもしれない、と考えるのは当然のこと。

命の危機に立たされた人間の前では、権力など紙でできた壁のように脆くなるのだ。

貴族たちの屋敷や蔵に潜り込み、使用人たちを攫って薬のありかを聞き出そうと乱暴を働く。それ以外にも、貴族に不満を持った平民による暴動の危険はいくらでもある。

さらに恐ろしいのは、それにより再び病が広がる可能性があるということ。

一度薬を飲めばもう安心だと貴族たちは高を括っているが、病にかからなくなるわけではないのだ。むしろ、さらに恐ろしい病に発展した例は多く存在する。

「これらはすべて、憶測でも女の戯言でもございません。世界中に多数の実例が存在する、回避できる未来ですわ。国は人により成り立つものであり、国の病は薬で治るものではございません。そのことをゆめゆめお忘れなきよう」

その場に居合わせた国の重鎮や王族たちは、そこまで言われてもマリアを嘲笑って相手にしなかった。

何が起ころうとも自分たちには関係ないことだ、と考えていたのだろう。

マリアは支給された特効薬に関する書物を集めた。そしてその特効薬と、隣国で育てられている植物の蜜を混ぜると、即効性は薄れるものの症状が和らぐということ、その蜜を毎日一匙ずつ飲み続ければ、その間は病の進行を止められるという情報を得た。

マリアはその情報を王族にもほかの貴族にも惜しみなく共有したが、そんな手間のかかることをする必要はないと皆はせせら笑った。

それでもマリアはこの方法で、支給されたわずかな量の特効薬から、領民全員に行き渡る量の薬を確保することに成功した。子どもや赤ん坊には少ない量を継続して飲ませることで、症状を緩和させ、その子の親たちにも心の余裕を作ることができた。

ほかの貴族たちは、マリアを子どもに薬を満足に与えない悪女と罵(ののし)ったが、マリアは気にも留めず蜜を使った薬を携えて領民たちの家を一軒ずつ回り、必要な分を与えて症状を記録し、手を握り、声をかけ、食べ物や毛布も支給した。

その方法はドラニクス侯爵領も取り入れ、二つの領地で物資などを支援し合ったおかげで、領民の死亡率は他領の一割にも満たなかった。

一方で、限られた領民にだけ薬を支給していた領地は、マリアが危惧していた事態が次々に起こり、病に苦しむ民たちが暴動を起こし、貴族の屋敷に火を放つという事件にまで発展した。

暴徒と化した民たちには武装した騎士すら近づかなかった。

すべてを失った人間がどれだけ恐ろしいかを一番理解していたのが、戦場を知る彼らだからだ。

そして少しずつ、マリアの意見と蜜による緩和策に対する見方も変わっていき、貴族たちは群がるようにマリアに教えを乞うた。

フィベルト領とドラニクス領では、ほとんどの民が病を克服していたこともあり、マリアは自領のことは信頼できる人間に任せて他領にも足を運ぶようになった。蜜と薬の配合の仕方や、飲み込めないほど疲弊している患者への対応など、必要な治療法を詳しく教えた。

貴族の多くは、患者に触れることすら忌避したが、民のなかにはマリアを手伝いたいと熱心に治療活動に取り組む者も少しずつ増えていった。

病に苦しむ民が減るにつれて、貴族たちも「女風情」と馬鹿にしていたことを忘れ、マリアを聖女、天使だと崇めた。

そして一年。マリアは病の終息を見届け、静かに亡くなった。

その死因は病によるものではなく、過労だった。

治療を施した後も寝ずに経過を記録し、少しでも多くの情報を取る。そんな生活を続けてきたがゆえのことだった。

蜜による治療法は効果が実証されてきたとはいえ、民たちの心は不安に満ちていた。

一人でも多くの民を救い、効果を実感させることで不安を取り除いていかなければ、この治療法を広めることはできない。

国はすでに何人生き残るか、その枠に誰を入れるかという政策で動いていた。それではダメなのだ。

死は悲しみを生む。悲しみは広がり、時に憎しみへ変わる。それは国を呑み込み、どんな薬も効かない病となるのだ。

その憎悪という病に呑まれた国に待つのは、ひと欠片の希望すら残らない滅亡。

数多の先人たちが、その恐ろしさを記録し、二度と繰り返されないよう未来を願ってきた。

マリアはそれを知っていたからこそ、命を削っても民を救ったのだ。

そして眠るように、息を引き取った。

自分の死を最後に、病による悲劇が幕を下ろすことを祈り、眠ったのだ。

マリアの死は美談として国中を駆け巡った。

国はどこにいってもマリアへの称賛と、彼女の死を惜しむ声に溢れた。マリア・フィベルトについて綴られた書物は飛ぶように売れ、吟遊詩人は次々と詩を作り、子どもたちがわらべ歌にして口ずさんだ。

それに焦ったのが王家の者たちだった。

国民たちの支持はフィベルト公爵家とマリアに大きく傾き、逆に特効薬の存在を秘匿して身内で独占し、安全な城内で悠々と過ごしていた王族に対する不満は大きかった。

自分たちへの支持をなんとか持ちなおそうと国王が提案したのが、学園の卒業を間近に控えた王太子に炊き出しや配給を行わせることだった。

当時は病の脅威こそ取り除けたものの、田畑の多くは手が足りず荒れ果て、作物もほとんど育っていない状況だった。

そこでパンや温かいスープを王太子が手ずから施すことで、国民たちからの好感度を稼ごうと考えたのだ。

当時の王太子だった第一王子は賛成し、第二王子も手伝い、張り切って配給に勤しんだ。

配給は好評だったが、ここで再び悲劇が起こった。

第一王子と第二王子が突然、血を吐いて倒れ、そのまま儚くなったのだ。

原因は、なんと病の特効薬だった。

二人は病が流行り始めた頃に薬を飲んでいた。実際にかかったわけではないが、予防になるだろうと考えたのだ。

そして配給を始める前にも、念のためにもう一度薬を飲んだ。それがいけなかったのだ。

実は特効薬に使われている薬草は、毒薬としても使われる。薬と毒は表裏一体とはよく言ったもので、服用する量や頻度でその効能は大きく変わる。特効薬は一度服薬したら、発病しない限り二年間は時間をおかなければ飲んではならないものだったのだ。

かつて流行り病が蔓延した国のほとんどは滅んでいたために、薬に関する情報は知られていないことが多く、薬そのものが希少であるせいで、発病していない者が短期間に二度も薬を飲んだ事例もなかった。

病にかかってから薬を飲んだのであれば、摂取した薬は本来の役割を果たすために効果を発揮し、毒となる成分も消えていく。しかし王子たちは発病もしていないのに二度も薬を飲んだため、薬に含まれる毒の成分が体内で致死量を超えてしまったのである。

原因がわかっても、即位を間近に控えた王太子と第二王子が同時に亡くなった事実は変わらない。

王家に残された王子は二人となった。

当時まだ十歳だった第三王子が立太子され、王太子教育が始まった。

しかし、第三王子を次期国王にすることには反対する貴族が多かった。

第三王子の母は側妃であり、彼女は隣国から嫁いできた王女だ。

隣国はつい十数年前まで何度も戦争を続けてきた国であり、側妃が嫁いできたのは和平条約の証としての政略的なものだった。

戦争で家族や恋人を失った者は多く、和平を結んだとはいえ、いまだにお互いの傷は癒えていない。

第三王子はミーマニ王国で生まれ育ったが、彼の瞳は赤みを帯びた茶色――戦時中、何度も王国に進軍させた「首切り王」、隣国の先代国王と同じ色だった。

そのため市井(しせい)はもちろん、社交界でも王城内でも、第三王子は畏怖の目で見られていた。

それどころか侍女や護衛騎士、教育係まで第三王子に陰湿ないやがらせを繰り返した。

食事が運ばれてこない、教科書に小さな刃が挟まれている、改ざんされた古い内容を暗記させられて恥をかかされるなど、一人一人のいやがらせが積み重なり、第三王子は毎日の食事すら満足に取れないまま、侮蔑の言葉と視線に耐えながら、厳しい王太子教育を受けなければならなかった。

その頃国王と正妃は流行り病の弊害で荒れた国の情勢に翻弄され、側妃は遠く離れた離宮に隔離されていた。手紙もすべて改ざんされ、第三王子の現状を正しく理解する者はいなかった。

そして、彼が立太子して一年、第三王子は亡くなった。

原因はただの風邪。

栄養を摂り、体を温めてゆっくり休めば、三日とかからず治ったことだろう。

しかし、誰一人食べ物も水も運んでくることはなく、部屋の鍵は外から閉められ、冬だというのに暖かい毛布もなく、暖炉には灰すらなかった。

その状態で一週間放置された第三王子は、やせ細り冷たくなっていた。

彼の部屋に残された日記には「僕が何をしたというんだ」という言葉がびっしりと書き込まれていた。

部屋の惨状と日記を見て、国王が問いただし、立太子してから彼の身に降りかかったことがようやく明らかになった。

誰もが口をそろえて「死なせるつもりはなかった」と訴えた。

誰かが食事を運ぶだろう、誰かが毛布を運ぶだろう、王子なのだからきっと……皆がそう思って。

その降り積もる悪意に潰され、彼は死んだのだ。

不幸は続き、彼の母である側妃が離宮で自ら毒をあおって息子の後を追った。

彼女にとっても離宮での生活は快適なものではなく、それでも息子が王太子として頑張っていると信じて一年間耐えてきたのだ。

王子の死を、彼が受けていた仕打ちを知り、絶望した王女は迷いなく毒を口にしたという。

隣国はその仕打ちに対して、王女の輿入れとともに所有権を譲った鉱山の返却を求めた。鉱山は希少な鉱石が採掘できることから国に大きな利益をもたらしていたが、それに否を唱えられるはずもない。和平条約の解消とともに軍事介入されてもおかしくない事態だ。

ミーマニ王国は鉱山を返却し、そこで働いていた王国民はすべて解雇された。

三人の王子の死によって、国は大きな不安に包まれ、王家に対する民の支持率は下がる一方だった。

流行り病を退け、国の滅亡を防いだにもかかわらず、相次いだ王族の死。

人々の心に巣食う不安と不満は言葉となり、あちこちで飛び交う。

そんな時、王城からフィベルト家に遣いがやってきた。

下されたのは「第四王子であり、次の王太子となるオズワルド王子と、マーガレット・フィベルトの婚約を命ずる」という国王からの勅命であった。

オズワルドは第二側妃の息子で、唯一生き残った王子だ。彼を名家フィベルト公爵家の令嬢であり、そしてなにより聖女マリアの娘であるマーガレットと婚約させることで、公爵家を後ろ盾につけ、同時に失墜した王家への信頼を回復させようという魂胆は見え透いていた。

国王の勅命は公爵家といえども覆すことはできない。

オズワルドは国境付近の離宮で、母親と限られた侍女だけに囲まれ、生まれた時から完全に俗世とは隔離された箱庭で育った。

そのため流行り病のことも、自分の腹違いの兄たちに起こった悲劇のこともまったく知らなかった。

国王は第三王子の件がよほど堪えたのか、オズワルドの願いはなんでも叶えた。

欲しいというものはなんでも与え、いらないというものは遠ざけた。

おそらくは、彼を甘やかすことで心のなかの罪悪感を拭おうとしたのだろう。

オズワルドは勉強をいやがっては婚約者のマーガレットに押しつけ、王太子としての公務もすべてマーガレットにやらせた。

マーガレットは王太子妃としての過酷な教育を強いられて、寝る時間すら満足に取れない日が続き、文字通り血を吐きながら努力をしてきた。

その結果、皮肉なことに彼女は素晴らしい知識と、誰もが見惚れる王族としての振る舞いを身につけ、他国からも高い支持を得る次期王太子妃となった。

他国からの客人はこぞってマーガレットに会いたがり、逆に、他国のマナーを面倒がり挨拶すらろくに学んでいないオズワルドは、何度も恥をかく羽目になる。

彼がその苦い経験から学ぼうとするならよかったが、一度ついた怠け癖は簡単に治るものではない。むしろ精神が子どものまま体だけが成長してしまった彼はわがままが強くなり、さらになんでもかんでもマーガレットに頼るようになった。

それでいて自分が恥をかけば、マーガレットに「自分を立てろ」「女のくせに可愛げがない」と癇癪を起こす。

甘やかされ、王子として生きるための武器を何一つ身につけないまま大きくなってしまった王子と、王子の責務をすべて肩代わりしてきたマーガレット。

オズワルドもある意味では被害者なのかもしれない。同情心はまったく湧かないが。

ローゼリアは、幸せがゴッソリと逃げていくような大きなため息をついた。

馬車のなかは、人さえいなければため息を思い切りつけるところが何よりの利点だと思う。

姿勢を正したローゼリアの視線の先に、懐かしい門が見えてきた。

王立貴族学園……ロベルトとローゼリアの母校でもある全寮制の学園だ。

「ローゼリア・ドラニクスと申します。こちら、許可証ですわ」

門番に簡単な挨拶を済ませて入校許可証を見せると、マーガレットの部屋の鍵を渡されてなかに通された。

ちょうど昼休みらしく、廊下は生徒たちで賑わっている。

「まあ、賑やかだこと」

校内は懐かしく、ついつい見渡してしまう。

広々とした廊下には、生徒たちのおしゃべりが響き渡っていた。

「おい！　そこの女！　……私を無視するとは不敬罪で殺されたいのか!?　おい！」

わらわらと集まる男子生徒のなかの一人が、不躾にもローゼリアを指さして怒鳴りつけてきた。

実は先ほどから話しかけてきているのは気づいていたのだが、あえて無視していたのだ。

「まあ、これはオズワルド王太子殿下ではございませんか。お目にかかれて光栄ですわ」

「先ほどから私が直々に呼んでやっていたのだぞ!? 気づかぬとは、貴様はそれでも貴族か!」

美しい金色の髪に青い瞳。それは王家の血統の証だ。

――その美しい外見は、内面の美しさと反比例しているに違いない。

ローゼリアはうやうやしく頭を下げると、彼女の最大の武器である鉄壁の微笑みを浮かべた。

「大変申し訳ございません、殿下。周りのお友達の背が高いもので隠れてしまって……殿下の美しい御尊顔が見えませんでしたの」

「っ……貴様らのせいで恥をかいたではないか! この木偶(でく)の坊(ぼう)ども!!」

オズワルドは周りの取り巻きたちにやつあたりをし始めた。

ローゼリアの調べ通り、年の割に背が低いことを気にしているらしい。

伸ばすべき場所はほかにあると思うのは、おそらくローゼリアだけではないだろう。

「ところで殿下、私のような者に何か御用でしょうか? 王太子殿下からお声がけいただけるとは大変な名誉でございます。なんなりとおっしゃってくださいませ」

「ふん、話がわかる女だな」

女、と呼び続ける様子を見ると、ローゼリアの名前どころか家名もわからないのだろう。

仮にも婚約者だった女性の親戚にあたる貴族の家名程度も覚えられないとは、と頭を抱えたくなりながら、鉄壁の笑顔はまったく崩さない。

「マーガレットを知らぬか? あやつめ、いつまでも逃げ隠れして姿を見せぬのだ」

危うく崩れそうになったが、笑顔のまま答えた。

「マーガレットとは、殿下の婚約者であらせられるマーガレット・フィベルト公爵令嬢のことでしょうか？」

「まあ、今はそうだ。父上が隣国から戻り次第、婚約は破棄してやるし、公爵家からも追放してやるがな」

そこまで言うと取り巻きたちが「今はまだ伏せておきましょう」「こやつに騒がれても困ります」と今さら止めている。

ローゼリアは怒りを通り越して呆れ果てた。

王族といえども、公爵家の人間をそこまで好き勝手できるわけがないと知らないのだろうか？

それも証拠も証人もいない、冤罪とも言えないただの言いがかりで突きつけた婚約破棄など通るはずもない。

そこまで知恵が回らないから、あんな馬鹿騒ぎを起こしたのだろうが……

怒りがスーッと冷たくなっていくのを感じて、そのまま笑顔を凍りつかせてやる。

「私は本日、親戚の用事で立ち寄っただけですわ。お役に立てず誠に申し訳ございません。ですがマーガレット様に、殿下がどのような御用件がおありなのかお伺いしとうございます。何かお役に立てることがあるやもしれませんわ」

「ふむ……では適当に私の言葉を伝えておけ。マーガレット、いい加減に罪を認めて私の前で頭を垂れろ。いつまでも逃げ隠れするとは罪人にはふさわしいが、私も忙しいのだ！　とな」

「殿下のお言葉、確かに拝聴致しました」

「貴様、なかなか優秀だな。また会う時があれば使ってやってもいいぞ」

「身に余るお言葉でございます」

凍った笑顔のまま淡々と応対すると、オズワルドは満足したのか、取り巻きをぞろぞろ引き連れて去っていった。

――おやつにリンゴを持ってきて正解だったわ。ちょっとお行儀が悪いですが握り潰してジュースにしましょう。喉が渇いたから、三つほど潰しましょうか。

それにしても、わかってはいたが、すべて手紙に書かれた顛末の通りだったようだ。マーガレットを即座に公爵家へ送り届けた令嬢の判断は正しかったと証明された。

これで彼女の家に正式な御礼ができる。

どんな贈り物をしようか、手紙の文面はどうしようかと考えながら、ローゼリアは先ほどの耳障りな雑音を必死に脳内で抑え込んだ。


学園の寮には、四人部屋、二人部屋、個室の三種類がある。

部屋分けは爵位や学園内の素行で決められており、マーガレットは広々とした日当たりのよい個室だ。

荷物はきちんと整理整頓してあったため、箱に詰めなおすだけで済んだ。

本来なら荷物の整理といえども、貴族の令嬢の部屋の扉を開けっ放しにすることはありえない。

なのでローゼリアは、わざと扉を開けっ放しにしておいた。

部屋に入る時に、何やら面白そうな気配を感じたため、釣ってみようと思ったのである。

どうやら釣り針にかかったようだ。

「この不届き者め！　マーガレット様のお部屋で何をしている!?」

今にも抜刀しそうな勢いで飛び込んできたのは、美しい赤毛をポニーテールにした少女だった。

騎士学部の制服を身にまとい、腰には使い込まれた剣を下げている。

彼女はローゼリアの姿を見るとしばし固まり、すばやく膝をついて頭を垂れた。

「ローゼリア公爵夫人とお見受け致します!!　軽率な行動と言動をお詫び申し上げまする！　マーガレット様の義姉君に対しての不敬……このスカーレット、末代までの恥！　お許しを頂ければこの首、この場で断ち切り献上つかまつりまする！」

少女は腰の剣をすらりと抜き取り、騎士の作法に乗っ取った自刃の体勢に入った。

ローゼリアが思った通り、面白そうな娘だった。

「こちらこそ、扉を開けっ放しにして誤解させてしまったわね、ごめんなさい。私にも非があるのだからそんなことはなさらないで」

「首がいらぬとなれば、この腹を開きお詫びを致したくグハッッ!!」

「首も腹も切るんじゃない馬鹿!!」

スカーレットと名乗った少女の頭に、分厚い辞書が思い切り振り落とされた。

辞書を構えたもう一人の少女は、髪を短く切りそろえて文官学部の制服を身にまとっていた。

「マーガレット様のお部屋をアンタの血で汚す気？　馬鹿じゃないの!?」

「む、確かに!!　では、外に出て首をはねますゆえ、メアリ殿に我が首を託します、献上を頼みまする」

「首なんか渡されても困るでしょ!?　何度もマーガレット様に止められたんだから懲りなさいこの脳筋!!」

対照的な二人のやり取りに、ローゼリアは笑い転げてしまった。

ころころとした笑い声にはっとした二人は、慌てて姿勢を正して頭を下げる。

「お目汚し、大変申し訳ございません。ローゼリア・フィベルト公爵夫人閣下」

深々と二人そろって頭を下げられ、ローゼリアも優雅に礼をする。

「こちらこそ、驚かせて本当にごめんなさいね？　改めて、ローゼリア・フィベルトよ。貴女たちはマーガレットのお友達かしら？」

一瞬、返事をしかけてから二人は顔を見合わせて、深く礼をした。

「公爵夫人閣下に先に名乗らせてしまったご無礼をお許しください。私はメアリ・ポッドと申します。両親はともに平民ですが、この学園に通うため、遠縁のポッド男爵の養子となり名をお借りしています。マーガレット様は貴族とも呼べない私を、お茶会に招いてくださったり、貴重な本をお貸しくださったりと、寛大なお心で接してくださり、素晴らしい時間を共有させていただきました」

「自分はスカーレット・バードでございまする！　父は男爵にございまする！　マーガレット様は、自分が騎士学部の男どもに乱暴されそうになっていたところを、私の友人に手を出すならフィベルト家を敵に回すと思いなさい、と庇ってくださいました！　あの勇ましくも美しく凛々しいお姿は、自分の瞼の裏にしかと残っております！　マーガレット様のためならば、溶岩を泳いで向こう岸に渡ることもしてみせまする!!」

二人の男爵令嬢、メアリとスカーレットは誇らしげにマーガレットとの思い出を語ってくれた。

友人だと聞いて二つ返事ができなかったのは、身分の差を気にしたからだろう。

「そう、こんなに素敵なお友達がマーガレットにいたなんて嬉しいわ。私は学園で親しい友人はいなかったから、羨ましい」

二人はキラキラと瞳を輝かせた。

「さ、さすがはマーガレット様が淑女の鑑とおっしゃっていた御方……」

「マーガレット様が天使なら、ローゼリア様は女神でありまする！」

ローゼリアの美しい微笑みに、二人は目が眩むような心地がした。

ローゼリアは、メアリとスカーレットを招き入れて、マーガレットの部屋でお茶会を開いた。

メアリは紅茶をいれるのがうまく、ローゼリアも思わずお代わりをしてしまったほどだ。

「マーガレット様のお荷物が、ローゼリア様の手で持ち帰っていただけるなら安心ですわ」

「自分たちもこれでお役御免でありまする。安心して退学届けを出せまする！」

メアリとスカーレットの言葉に、ローゼリアは耳を疑った。

この学園は、国で唯一の教育機関。

家庭教師を呼べる上位貴族と違って、男爵令嬢の彼女たちは退学してしまえば、独学するしかなくなってしまう。

「なぜ、退学を？　あのお馬鹿様のせいなの？」

「半分くらいは、そうですね」

「しかし、悔いはありませぬ！」

二人の話を詳しく聞いて、ローゼリアはついに頭を抱えた。

お馬鹿様……オズワルドはマーガレットとの婚約破棄騒動を起こした後、他国を巡っている国王陛下にマーガレットとの婚約破棄と、エンジェラとの婚約を認めてほしいと手紙を送ったそうだ。

返事を要約すると、「マーガレットとフィベルト公爵家に頭を下げて謝罪するように。婚約破棄は認めない、頭を冷やしなさい」という内容だったという。

エンジェラは男爵令嬢。当然正妃にはなれないし、そもそもマーガレットとの婚約は王家の名誉挽回のために仕組まれたもの。

国王としては、破棄などとんでもない話だろう。

ちなみに、なぜスカーレットとメアリが手紙の内容を知っているのかというと、オズワルドが校舎の中庭のど真ん中でわいわいぎゃあぎゃあと手紙を読んで騒いでいたからだそうだ。

「私たちは例のパーティに招かれませんでしたけれど、次の日の朝礼で全校生徒を集めて、自分たちがしでかしたことを武勇伝のように誇らしげに語っておりました。マーガレット様があの娼婦もどきにいやがらせをしたなどと妄言まで……」

「信じているのは彼奴に取り入ろうとする金魚の糞くらいでございまするぞ!! マーガレット様が他人にいやがらせをするなど、魚が空を飛んだというほうがまだ信じられまする！ そもそも悪いのは不貞を働いた自分だというのにマーガレット様に対してあのような仕打ち……腹立たしいことこの上なしにございまする!!」

その日から生徒たちは、元々遠巻きにしていた王太子一行をさらに遠ざけるようになったそうだ。

そして行われるようになったのが、下位貴族へのあからさまな差別。

テストの改竄に悪質な虐め、そして授業料を払えと取り巻きたちから金を巻き上げられる。

教科書を盗まれる、取り上げられる、燃やされる。

購買部の販売員は王太子に金を積まれたらしく、伯爵以下の者には鉛筆すら買わせない。

逆にエンジェラはろくに授業も出ていないのに成績トップ。

噂では、エンジェラにはあらかじめテストの答えを教えてあるとも言われている。

「なんでも、あの娼婦もどきのエンジェラさんの成績がトップになれば、陛下も考えを改めてくれるのではないかと考えたそうです。過去に、非常に優秀だった男爵令嬢が正妃として迎えられたという記録が残っておりますから、それを真に受けたのかと……」

「あらあら」

ローゼリアは広げた扇子の陰で小さくため息をついた。

その記録は確か百年ほど前のことで、その頃は戦争の影響で女児が少なく、王妃の爵位にかかわらず貴族であるかどうかだけが重視されていた。

彼女が優秀だったというのは、後づけだという説もある。

「こんなところでは勉強になりませぬ……！　下位貴族の生徒はすでにほとんどが退学しております。自分たちはマーガレット様のお荷物を守るために残っておりました！　ここ一週間、毎日誰かしらが盗みに入ろうとしていて超引いたでありまする！」

ローゼリアはかつての母校への思いが消えていくのを感じながらお茶を飲み干した。

ここまで腐敗しているならば、教員たちも王太子に買収されているのだろう。

後は退学届けを出すだけなら実家まで馬車で送らせてほしいと、ローゼリアは二人をなかば無理やり馬車に押し込んだ。

二人とも何度も頭を下げて、侯爵家の馬車に乗るのは初めてだと大はしゃぎしていた。

「ローゼリア様。誠に恐縮なのですが、この手紙をマーガレット様に渡していただけますか？」

「自分もぜひ、お願いしとうございまする！」

男爵令嬢である二人は、マーガレットに手紙を送れない。

メアリは退学後、ポッド男爵との養子縁組を解消し、診療所を営む両親を手伝いながら薬師を目指す。

スカーレットは、実家の領地を巡回する騎士に任命された。彼女の領地では女性初の正式な騎士となるのだという。

その旨と、マーガレットへの感謝を綴った手紙だ。

ローゼリアは二人を抱きしめた。

「私の可愛い義妹、マーガレットの素晴らしい友。メアリ、スカーレット、貴女たちの幸福を祈ります」

こうして、ローゼリアの母校見学は終わった。

おそらく、もう足を踏み入れることはないだろうが、最後に素晴らしい少女たちと出会えたことだけが何よりも嬉しい収穫だった。

メアリとスカーレットを送り届けた後、ローゼリアはドラニクス家の領地に向かった。

「父上、母上。ただいま戻りました。馬車をお返しに参りましたわ」

「まあまあローゼリアちゃん、おかえりなさい」

迎えてくれた母、リアロッテはにこやかに微笑み、馬車を引いてきた馬たちにたっぷりの水ととびきりの牧草を山盛りに用意した。

「ローゼリア、馬車はしばらく使ってよいと言っただろう？」

「父上、そうは参りませんわ。私はフィベルト公爵家に嫁いだ身。ドラニクス家のものはあくまでも借りるだけです。ケジメはつけなければなりません」

厳格な父は眉間の皺をさらに深くして、屋敷に引っ込んだ。

わかりづらいが、自分は嫁いだ身だと娘からはっきり言われたことがショックだったのだ。

寂しい男親の心は娘に伝わらない。

リアロッテは「マーガレットちゃんに食べてもらって！」と大量の焼き菓子を持たせてくれた。

そしてローゼリアは、愛馬シュナイダーに跨りフィベルト家への帰路につく。

「ただいま戻りました、ロベルト様」

「おかえりなさい、リア。疲れただろう？　湯浴(ゆあ)みの用意をさせておいたからゆっくり温まっておいで。その後、みんなでご飯にしよう」

ロベルトの言葉に甘えて、たっぷりの湯に浸かり、疲れた体をほぐしてから食堂に向かうと、マーガレットが席についていた。

「おかえりなさいませ、ローゼリアお義姉(ねえ)様。私のためにお忙しいなかお手間を取らせてしまって……申し訳ございません」

「まあ、マーガレットったら。私たちは家族なんだから、そんなことで謝らないでちょうだい？あら、今日は川魚の香草焼きね。とてもおいしそうだわ」

食卓にメインとして置かれているのはローゼリアの好物、川魚だ。

香草の香りが川魚の生臭さを消し去り、食欲をそそる香ばしさに変えている。

「では、頂こうか」

ロベルトの言葉で手を合わせ、神への感謝を捧げてから和やかな食事が始まった。

魚は新鮮で皮がパリッと香ばしく、身は柔らかくて口当たりがいい。

疲れていたからか、塩気が身に染みるようでどんどん食べてしまう。

「ローゼリアお義姉(ねえ)様、お魚はおいしいですか？」

「ええ、とても。最近はお肉が多かったから、格別においしいわ」

結婚式があり、ここ一年は挨拶回りや客を招くのに食事会を開くことが多かった。

王国では祝い事に食べるものは肉が定番となっている。

ローゼリアは川魚が好物なのだが、貴族は泥臭い平民の食べ物だと嫌う者が多く、市場には滅多に出回らない。

自分で釣りに行こうにも時間が取れなかったため、川魚をゆっくり味わうのは本当に久しぶりだった。

マーガレットも楽しげに食事を進めている。

婚約破棄の騒動からしばらくは、自室で食事を摂るようロベルトが命じていた。

食卓に招くと、心配をかけまいとローゼリアたちと同じものを残さず食べて、後から吐いて倒れることを繰り返していたためだ。

自室でスープなど消化によいものをゆっくり食べる。食べたくない時、体調の悪い時には無理をして食べないという訓練がようやく実を結び、こうして楽しく食事ができるようになったのだ。

ロベルトがクスクスと笑うと、フォークとナイフをそっと置いた。

「マーガレット、その魚は君がリアのために釣ったものだといつになったら言うんだい？　お義姉様に喜んでもらうんだとあんなに嬉しそうにしていたのに……」

「お、お兄様！」

マーガレットは真っ赤になって立ち上がった。

後ろに控えていたメイドが咳払いをすると、大人しくちょこんと座る。

「まあ……このお魚はマーガレットが釣ったの？」

「え、ええ。ロベルトお兄様が気晴らしにと綺麗な小川に連れていってくださって……お魚が泳いでいたんです。それを見て、お義姉様が川魚をお好きで、最近はお肉を召し上がることが多かったから、喜んでくださるかと……」

「僕は使いの者に釣り上げてもらおうかと言ったんだけどね。でもマーガレットが、今日も自分のために出かけてくれたお義姉様に、私も自分の手で何か差し上げたい、お料理はジャックの作るご飯が世界一おいしいから、代わりに私は新鮮なお魚を釣ります！　って頑張ったんだよ」

ちなみに、ジャックとはフィベルト家の専属料理人で、今のロベルトの言葉に急いで厨房に下がり「マーガレットお嬢様!!　身に余る光栄でございます!!」と泣き叫んでいる。

「ひどいわマーガレット！　もっと早く教えてくれたらゆっくり少しずつ味わって食べたのに、もうほとんど食べてしまったわ！」

マーガレットが真心込めて釣ってくれたという最高のスパイスが……空腹に任せてガツガツ頬張っていた数分前の自分を殴りたい。

「僭越ながら、ローゼリア様」

手を挙げて発言したのはメイド長、アンナだ。

「このアンナ、マーガレットお嬢様を赤子の頃から見守ってまいりました。恥ずかしがってなかなかご自分の手柄だと言い出せないだろうとも予想しておりましたので……」

エプロンのポケットから瓶詰めを取り出して掲げる。

「勝手ながらマーガレットお嬢様のお釣りになった魚を一匹、オイル漬けに致しました。三ヶ月は保ちますわ」

「アンナ！　貴女は最高のメイド長よ!!」

こうして、フィベルト家は久しぶりに楽しい夕食の時間を過ごしたのだった。

――今から数年前、マリアが亡くなってしばらくした頃、ローゼリアとロベルトにとって人生の分岐点となる出来事があった。

ロベルトが、ローゼリアに婚約解消を申し出てきたのだ。

「いやですわ!!　絶対いやですわ!!」

「で、でも……」

「ロベルト様は、私が嫌いですか？」

「ち、違うよ！」

「なら、婚約解消なんてしません!!」

聖女マリアに瓜二つの娘、マーガレットを養子に欲しいという申し出が毎日山のように届き、その対応でロベルトはほとんど子どもらしいことができなくなっていた。

マリアの死をきっかけにフィベルト家当主であった父、ローランドは心を病み、辺境へ送られた。

そのため、ロベルトが代わりに公爵家を取り仕切ることとなったのだ。

公爵家当主代理という不安定な立場に加え、まだ幼いロベルトがそれを断り続けるのは困難で、ローゼリアと過ごす時間がまったく取れなくなってしまった。

そのため、婚約者である侯爵家の令嬢をないがしろにしているという噂が立ち、ローゼリアがデビュタントを迎えればそれが醜聞となることは火を見るより明らかだった。

「ロベルト様、私を見くびらないでくださいまし。ロベルト様が婚約者をないがしろにしているなんて、何も知らないお馬鹿さんたちのさえずりでしょう？　仮に婚約を解消したとしても、お馬鹿さんたちの噂話に花を咲かせるだけなのは目に見えておりますもの。それにロベルト様以外の、頭空っぽのハリボテご子息に嫁ぐなんてまっぴらごめんですわ！」

一気に捲し立てると、ローゼリアは紅茶を一気に飲み干した。

「大体ひどい話ではありませんか！　ロベルト様は領民を飢えさせないために毎日頑張って、マーガレットを流行りのアクセサリーとしか思っていないお馬鹿さんたちから守るために頑張って、たくさんたくさん頑張っているのに！　根も葉もない噂ばかり！　私はそんなロベルト様を誇りに思っておりますのよ！　民のため、家族のために一生懸命なお姿はこの国で……いいえ、世界で一番誇り高く格好いいですわ！　ロベルト様の婚約者でいられることは私の誇りなのです！　醜聞なんて、貴族の娘ならば一つや二つはこじつけられるもの……大したことはございません」

ローゼリアは現状に腹を立てていた。

幼いマーガレットは、国のために王太子オズワルドの婚約者に宛てがわれた。

公爵家が混乱している隙につけ入るようなかなり強引な取り引きだったという。

仮にも一国の王が、婚約という一生を左右する契約をそのようなかたちで取りつけるなど卑怯としか思えなかった。

ローゼリアは正義の味方ではない。

ただロベルトを愛しているから、マーガレットが可愛いから、自分のそばにいてほしい。

ローゼリア個人のわがままだ。

強くなる。

マナーも教養も身につけて、誰もが羨む完璧な淑女になってやる。

たったそれだけのことで、ロベルトに対する周囲の目すら変わることをローゼリアは知っている。

面白いように手のひらを返すだろう。

その手のひらをいつか引っぱたいてやると。

幼いローゼリアは固く誓ったのだ。

ロベルトとローゼリアが十五歳となる頃には、フィベルト家は二人の力でだいぶ落ち着きを取り戻していた。

一番大変だったのが、ローランドが借金までして買い集めていた「冥界に繋がる鏡」やら「死者と言葉を交わす呪文書」といったいかがわしい物品の後片づけだった。

当然すべてガラクタで、おそらく原価の後ろにゼロを三つは書き足して売られていただろうそれを処分しながら借金を返すのは本当に骨が折れた。

そうした苦労のなかで二人は、フィベルト家以外にもそういった紛い物を売りつけられた者たちがいるのではないかと考えた。

調べてみると、案の定流行り病で家族や友人を失った貴族のほとんどが被害に遭っているということがわかった。なかには、爵位や屋敷まで借金の担保に入れられた者もいたほどだ。

しかし、彼らへの聞き込みのおかげで詐欺商人を突き止めるに至った。

さらに、その商人と組んで「死者に会える薬」と称して違法薬物を売りさばいていた薬師も捕らえることができたのだった。

「よくもこんなことで稼いだお金で買ったパンが食べられますわね。お腹を壊してしまいそうですわ」

ローゼリアはミーマニ王国最年少、そして女性初の司法試験合格者であり、弁護士、治安判事としても活躍していた。

「あらあら、そんなことを言ったらパン屋さんに怒られてしまいますわね。パンだって貴方たちの汚らわしいお腹になんて入りたくないでしょうし……これからは感謝なさい？　パン様、私めの命をお繋ぎくださりありがとうございますってね」

こうして、商人たちは当時十五歳のローゼリアの手腕で地下牢へ送られることとなった。

そしてロベルトは、被害に遭った貴族たちを自宅に招いてご馳走したり、話を聞いたりと親身になって味方につけ、その立場を盤石(ばんじゃく)にしていった。

国王のもとに報告が行く頃には、フィベルト家とドラニクス家の信用は確固たるものとなっていて、王家が彼らの手柄を横取りする隙間はなかった。

その後、十五歳の公爵家代理当主ロベルト・フィベルトの名前は王国中に広がり、マーガレットを養子にしたいという話はぱったりと途絶えた。

傘下に置くには力が強すぎると判断されたからだ。

そして、フィベルト公爵家はさらに力をつけていく。

王太子妃教育を受けるようになったマーガレットは、その勤勉な態度と優秀さが知れ渡り、未来の王妃として期待され、他国からも信頼も厚されるようになった。

そして聖母マリアの娘、名家フィベルト公爵家令嬢というだけでなく、十五歳の若さで公爵家を担うロベルトの妹という新たな後ろ盾を得た。

ロベルトもマーガレットの兄として、他国の王族のパーティに呼ばれることが増え、その度にローゼリアを婚約者として連れていった。

すでに淑女の鑑と呼ばれていたローゼリアと、十五歳とは思えないほど聡明な青年となったロベルトは、他国の王族からも認知されることでさらに盤石な立場を築き上げていく。

そして、二十歳。

ついにロベルトとローゼリアが夫婦となり、フィベルト家はさらなる力を持って生まれ変わった。

そんな折にマーガレットとの婚約破棄を行ったオズワルドは、時期が最悪だったと言わざるをえない。

――ボッコボコにしてやりますわよ、うふふ。

第二章　お馬鹿な皆様に御礼申し上げることに致しました

「と、いうわけで……マーガレットはおかげさまで元気になってきました。まだ夜は眠れないことも多いし、よく考え込んでいますが……どう思われますか？　国王陛下」

「ム、ムゥ……」

ここは王城で一番豪奢な客間。

靴が埋もれそうなほど柔らかなカーペット、きらびやかな装飾品。

磨き上げられた大理石のテーブルにはティーセットが二つ。

上座に腰かけるのはベルナルド・ミーマニ。

ミーマニ王国の国王であり、オズワルドの実父である。

年を重ね、多くの皺が残る顔は、苦々しく歪み、国王の証であるマントと王冠は彼の体には大きすぎてずいぶんと重そうだ。

そして彼の前には辞書かと見紛うほどの書類の束が詰まった封筒が三通積み重ねられ、その書類を一枚ずつ捲る度に冷や汗の粒が増えていく。

そんなベルナルド王を眺めながら、紅茶を口にするのはロベルトだ。

〝妹と殿下の婚約について、陛下と改めて事実を擦り合わせ、必要な処置を迅速に取るべきかと存じます〟

そんな旨の手紙を受け取った王は、嬉々としてロベルトを招いた。

おそらくは、あの婚約破棄は公式なものではない、よって婚約は継続させると命じるつもりだったのだろう。

ロベルトは貴族、それも公爵家当主としては非常に若い。

フィベルト公爵家当主を正式に継いだのも、ローゼリアとの結婚式の時だ。

そんな若造が、一国の王として長い年月君臨する自分に意見できるわけがない。

ベルナルドはそう確信していた。

しかし、ロベルトはすでに当主として十分な貫禄をまとい、堂々とした振る舞いで王にこの書類の束を押しつけてきたのだ。

「陛下にもぜひ目を通していただきたくご用意致しました」

国王の手には、ずっしりと分厚い資料が入った封筒が握られている。

中身は昨晩のうちに確認したが、読めば読むほど頭と胃が痛くなる。

オズワルドが学園で起こした婚約破棄騒動について、隅から隅まで調べ上げてまとめた資料だ。

ロベルトはただ事件の顛末を記すだけではなく、当日居合わせた者や関係者の証言を集め、裏づけを取り、貴族から平民に至るまで事実がどのように広がり、どのように受け止められているかまで調べ尽くしていた。

「ロ、ロベルト公爵よ。マーガレット嬢との婚約は……」

「陛下、僭越（せんえつ）ながら」

ロベルトはあえて発言を遮るという無礼を働き、紅茶のカップを手にした。

「この婚約はマーガレットだけでなく、オズワルド殿下にとってもおつらいものなのではないでしょうか？　殿下にはマーガレットが家柄だけしか取り柄のない醜悪で浅ましい女に見えているようですよ？　そして頬を殴りつけるほどに妹を嫌っているのです。我がフィベルト公爵家は、そこまで酷な婚約を殿下に強いたくはございません。陛下はあんなにも殿下を可愛がっていたではありませんか」

「そ、その……オズワルドは、本心でそのようなことを思っているわけではない。ひどい行いだったかもしれんが、大目に見てやってはくれぬか？　マーガレット嬢は美しく、清らかで、国母になるために生まれてきたような娘だ。それはオズワルドもわかっている。だから……！」

「そうですか……」

パシャン……とロベルトは国王の顔に紅茶をぶちまけた。

「人様の妹を散々傷つけて、よくそんな口を叩けますね。貴方ほど不快な気持ちにさせられる人間はそうそういません。こんなのが国の王様なんてとんだ笑い話です、さっさとくたばってください」

「っ……!?」

今まで決して微笑みを消さず、穏やかな空気をまとっていたロベルトから表情が消え、人形のような口から紡ぎだされるのは、聞いたこともない罵詈雑言（ばりぞうごん）の数々。

突然の豹変に、国王は凍りつくしかなかった。

「陛下がおっしゃったんですよ？　心のなかで相手が素晴らしい方だと理解していれば、言葉では何を言っても構わないし、どんな行動を取っても問題はない。陛下、貴方が先ほどおっしゃったのはそういうことです。なので、実演してみたのですが……いかがでしょうか？」

いつものように穏やかな声で告げられた、冷たい氷のような言葉に、国王はズルズルと椅子から崩れ落ちる。

「ならばどうすればいいのだ？　私は、私は……」

頭から、王冠が落ちた。

ぶつぶつと言い訳を並べながら足下にすがる男を見下ろして、ロベルトはカップにお茶を注ぐ。

カランカランと、豪奢な王冠は虚しく転がっていった。

「乾杯」

「お疲れ様でした」

カチン、と二つのグラスが鳴る。

夜中。マーガレットはアンナに見守られて眠っている。

ロベルトとローゼリアは、食べ頃になった川魚のオイル漬けをつまみにワイングラスを傾けていた。先日マーガレットがローゼリアのために釣ってきたというあの魚だ。

「ずいぶん羽振りがよろしかったんですね。あの陛下にしては」

「ちょっとやりすぎたかな」

ローゼリアの手元には、ロベルトが国王から受け取ってきた大量の書類があった。

まずはオズワルド王太子とマーガレットの婚約解消を正式なものとする書類。

しかし、これは例の馬鹿騒動ではなく、フィベルト公爵家から王太子へ婚約解消を言い渡したという内容になっている。

そもそものオズワルドの不貞行為に始まり、パーティでの侮辱発言、嫁入り前の女性の顔を故意に殴りつけたという傷害、大人数に命じての暴行と強盗、そして器物損壊。その他、叩けるだけ埃を叩きまくり、賠償金、慰謝料諸々含めて金貨だけではなく、王城内の調度品もたっぷりもらってきた。

今頃、城内はとても風通しがよくなっていることだろう。

今夜のワインはその祝杯である。

「あと、リアの欲しがってた土地ももらってきたよ」

欲しがってた本買ってきたよ、という軽さで差し出されたのは土地の権利書。

「ありがとうございます、ロベルト様。これで学園が建てられますわ」

ローゼリアは、早速新しい書類を作り始める。

訪問してわかった、王立貴族学園の腐敗。

あの様子では長くは持たない。ならば新しい学園を自分で建ててしまおうと思ったのだ。

一組の婚約が破棄されて、一組の夫婦が動く。

最強の夫婦、ロベルトとローゼリアが国というリンゴ箱をひっくり返して、腐ったリンゴとおいしいリンゴを選り分ける。

おいしいリンゴの箱にはどんどん新しいリンゴが入っていき、おいしいリンゴの詰まった箱が増えていく。

――だって、おいしいリンゴまで腐ってしまったら困るもの。

おいしいリンゴは増やしましょう。

腐ったリンゴは肥料にして、リンゴの木を増やしましょう。

みんなでおいしいリンゴを食べましょう？　うふふ。

ローゼリアとロベルトは、愉快そうに笑みを交わした。

「陛下、本日はお日柄もよく……」

玉座にはいつものように謁見を求める者たちが並び、位の低い者から順に国王への挨拶と各領地の報告を行う。

国王にとっての大切な仕事であり、権力を知らしめる儀式でもある。

「父上！　お話があります！」

そんな大切な儀式にドカドカと割入ってきたのは王太子、オズワルド。

彼が王太子でなければ、国王が彼を溺愛していなければ、即打首となるほどの無礼である。

「オズワルド、部屋に戻りなさい。今は大切な公務中で……」

「貴族どもの挨拶回りなど臣下に任せればよいではありませんか！　適当に返事をして判を押すだけの雑事などより私の話を聞いてください!!」

オズワルドの声が響き、玉座の間がどよめく。

王太子が、国の将来に関わる国王の公務を雑事と言い放ったのだから当然だ。

「殿下はご公務を理解されていないのか？」

「国王陛下は王太子にどのような教育を？」

「これではあの噂も過ぎた誇張ではなさそうですなぁ」

わずかに聞こえてくるささやきを抑えることは、今の国王にはできなかった。

「オズワルド！　部屋で頭を冷やしなさい！　兵よ、自室に連れていけ！」

これが今の国王にできる精一杯だった。

「父上!?　貴様、汚らわしい手で触れるな！　私に逆らう者はすべて皆殺しだ！　一族すべて極刑にしてくれるぞ!!」

オズワルドの発言で、国王の精一杯はあっという間に無に帰し、むしろ事態を悪化させるだけとなった。

その後の公務の間中、いつもなら最高の座り心地の玉座が、国王には針のむしろに感じた。

「オズワルド！　臣下たちの前でなんと不躾な真似を……」

「父上！　そんなことよりも財務官がひどいのです！　父上がもう私に小遣いを渡すなと命じたなどと虚言したのですよ！　あのような無礼者は公開処刑にすべきです！」

国王はいっそのこと泣き出したくなりながら、フラフラと椅子に腰かけた。

オズワルドには常に欲しいだけの小遣いを渡していた。

しかし、先日のフィベルト家への慰謝料などの支払いで、国王個人が使える金は大きく減った。

王太子の婚約とはいえ、今回の場合は国庫から慰謝料を払うわけにもいかず、国王自らあらゆるものを手放してかき集めた金で支払ったのだ。

オズワルドには必要最低限の小遣いで我慢してもらうしかない。

「虚言ではない。私が財務官にそう命じたのは事実だ。もうこの王城にお前が好き勝手使えるほどの金はない」

「どういうことですか⁉　王太子である私が使う金がなくなるなど、ありえないことです！　ないならば国民の税を増やして……」

「オズワルド‼」

国王は今まで大声で怒鳴ることを滅多にしなかった。

第三王子を死なせてから、オズワルドにしたのはせいぜい優しく諭(さと)すことくらいだ。

しかし、もうそんなことで愚息を黙らせることはできないとようやくわかった。

「お前はいずれ、このミーマニの地を治める王にならねばならぬ！　私もお前を甘やかしすぎた。明日からは王太子教育を見なおす！　今日はもう部屋から出ることを禁ずる！　これは王命だ！」

「ち、父上……？」

オズワルドはわけがわからないとばかりに呆然としている。

「……王太子がこの程度のことでうろたえるなど……嘆かわしい……」

国王は忌々しげに呟くことしかできなかった。

血を分けた親子でありながら、この日を境に大きく溝を作ることになる。彼らの間に愛情は欠片も残っていなかったのだ。

「ローゼリアお義姉様、ご相談したいことがあるのですが……よろしいでしょうか？」

穏やかな昼下がり。部屋で刺繍をしていたローゼリアのもとへ遠慮がちにやってきたのは、可愛いマーガレットである。

「相談？　もちろん構わなくてよ。アンナ、お茶とお菓子をお願い。マーガレットも座って座って！」

「失礼致します」

アンナは瞬く間に紅茶とクッキーを用意してくれた。

「今朝、お兄様からハーベスト辺境伯のお見舞いに行ってほしいと頼まれまして……腰を痛めてベッドから立ち上がることもできなくなってしまったとお聞き致しました。ハーベスト卿には幼い頃からとても可愛がっていただきましたので、私にできることならなんでもお手伝いしたいのです。……でも、私のような非力な娘に何ができるだろうかと考えていたら……少し、気が落ちてしまい……これでは相談ではなく愚痴ですわね。申し訳ございません、お義姉様（ねえさま）」

例の馬鹿騒ぎからしばらく。体に負った傷はすっかり癒えたように見えるが、その心につけられた傷は深く、マーガレットは今、かなり自信をなくしてしまっている。

王太子の暴挙を止められなかったのは自分にも非があるのではないか、と一人で悩んでいるのだ。

彼女の沈んだ表情を見て、アンナはこっそりと部屋を出ていった。

今日はいい鹿肉を仕入れたので、よく叩いて柔らかくしなければと思い出したからである。

あの王太子の顔を浮かべれば、口に入れた途端に蕩（とろ）けてしまうくらい柔らかく仕込めることだろう。

「そんなことないわよ。ハーベスト卿には私もとてもお世話になったから、マーガレットがお見舞いに行ってくれるのはとても嬉しいし、それだけ真剣に考えているなら、ハーベスト卿にもその気持ちは伝わる。きっとマーガレットにしかできないお手伝いがあると思うの。だからロベルト様はマーガレットにお願いしたんだと思うわ」

「私にしかできないこと……お兄様のご期待に添えるかわかりませんが、ハーベスト卿に少しでも楽しんでいただけるよう、何か考えてみますわ。ありがとうございます、お義姉様（ねえさま）。気持ちが少し軽くなりました」

その後、二人は楽しいお茶の時間を過ごした。

その夜。

「リア、そろそろ君が私の妻になったお披露目パーティを開こうと思うんだ。マーガレットの件で少し遅くなってしまったけどね」

「まあ、もしかしてハーベスト卿へのお見舞いは……」

ロベルトは唇にそっと人差し指を当てて微笑んだ。

「なんでも、フィベルト公爵家が国王に不当な請求を行ったと騒いでいるお馬鹿様がいるようでね。本当ならそんな時期にパーティを開くべきではない……というわけで、せっかくだから素敵なパーティにしようと思うんだ。きっとよく目立つはずだよ」

「ええ、賛成ですわ。ガーデンパーティにするのはいかがかしら？　庭の薔薇がとても美しい時期ですもの。お客様に不快な思いをさせないよう、害虫対策も万全に致しますわ」

「リアならそう言ってくれると思った」

そう言うと、ロベルトは一枚の紙を見せた。

「こちらの方々に招待状を送るつもりなんだ」

「まあ、先代の国王陛下の直属として活躍された方々がこんなに……」

リストに並んでいるのは、今は隠居しているものの、先代国王の側近や重鎮として活躍した者ばかりだった。

彼らは普段、国政に関わることは面倒だと国王からの達しすら断っているが、マーガレットのことは非常に可愛がっており、その縁でロベルトやローゼリアのことも気に入ってくれている。

偏屈翁と呼ばれるハーベスト辺境伯もその一人である。

「もしかしたらだいぶ賑やかなパーティになるかもしれないと話したら、みんなぜひ招待してほしいとおっしゃっていたよ」

「まあ、素敵なお披露目パーティになりそうね」

こうして、お披露目パーティの招待状は届けられた。

フィベルト公爵邸の美しく整えられたガーデンテラスに、国の重役たちが集まっている。

彼らは料理に舌鼓を打ちながら、歓談を楽しんでいた。

「よう、ロビー坊！　ずいぶんと別嬪をつかまえたもんだなぁ！」

「フィーガン大公殿、私はもう公爵家を担う男になったんですよ？　そろそろロビー坊から卒業させてください」

「がっはっは！　そんな小さいことを気にするようじゃ、まだまだてめぇはロビー坊だ！」

ロベルトと楽しげに話す、がっしりとした体つきの豪快な——フィーガン大公は、かつて国王の右腕と謳われた騎士であった。

ミーマニ王国を先代国王とともに支えた生ける伝説と、軽口を叩き合うロベルトの姿に、パーティに招かれた重役たちは感服した。

「ご歓談中の皆様、フィベルト家の新たな公爵夫人をご紹介致します」

執事のよく通る低音がテラスに響き、ローゼリアがゆっくりと姿を現した。

彼女の艶やかな栗毛によく映える、夕焼けを溶かしたような橙のドレスはしなやかな体に寄り添うように美しく、胸に輝く大粒のダイヤは夕焼け空に浮かぶ朧月のように儚げで、しかし視線を留めてしまう存在感があった。

「皆様。本日はお忙しい中、お集まりいただいたことを感謝致します。ローゼリア・フィベルトでございます。誉れあるフィベルト公爵家の妻としてここに立てることを本当に嬉しく思います。私を迎え入れてくださったロベルト公爵と、フィベルト家の皆様に恥じぬ公爵夫人となれるよう精進して参りますので、未熟な小娘ではございますが、皆様、どうぞ容赦なきご指導ご鞭撻をお願い致します」

ローゼリアが美しいカーテシーで挨拶を締めると、温かい拍手が広がり、パーティはさらに和やかなものとなった。

「フィーガン大公殿下、お会いできて光栄にございますわ」

「殿下なんてやめてくれよ。しかし、ロビーの奥さんなんざ大変だなぁ。彼奴は昔からとんだ食わせもんだぜ」

ローゼリアは、フィベルト公爵家の家紋が入った扇子で美しく口元を隠した。

「まあ、食わせ者とは妻にとってこんなに嬉しいことはございません。夫を肥えさせるのは妻の特権だと、母から寝物語で聞かされて育ちましたもの」

「がっはっは！　ロビー坊、お前が食わせもんならカミさんは食えない女だなぁ！」

「フィーガン大公殿。食えない女性を食らうのは、旦那の座を手に入れた男の特権ですよ」

「まあ、ロベルト様！　このような場所で、はしたのうございますわ」

扇子で目元まで隠したローゼリアの肩をロベルトが抱き寄せて髪に口づけると、甘美なやり取りに周りがうっとりと見惚れる。

「おいおい、客を先に腹一杯にする公爵なんざ聞いたことがねぇぞ」

フィーガン大公の言葉にどっと笑いの波が起きた。普段は寡黙な招待客たちも楽しげに笑っている。

公式なパーティでは下品だと窘められるやり取りを楽しめるのも、新婚のお披露目パーティの醍醐味である。

貴族たちは常に新鮮な娯楽に飢えているのだ。

「ローゼリア、素晴らしいパーティにお招きいただき光栄でしてよ」

「お褒めにあずかり光栄ですわ。リヴァザード伯爵夫人」

リヴァザード伯爵夫人は、賢王と呼ばれた先代国王の時代から、現国王が十歳になるまで王室の女官長を務めており、通称『魔女夫人』と呼ばれている。先日、自身にとって五回目となる結婚式を挙げたばかりだ。

伯爵であるはずの彼女が公爵夫人であるローゼリアを呼び捨てにしても誰も違和感すら覚えない。

彼女はそういう女性だった。

「マーガレットちゃんは、昨日からハーベスト卿のお屋敷に招かれているそうね？　あの偏屈翁がそれはもう目に入れても痛くないほど可愛がって、使用人たちが仕事をさせてもらえないと嘆いているとか」

「まあ、さすがリヴァザード伯爵夫人。お耳が早くていらっしゃいますのね」

「可愛いマーガレットちゃんの話は、特によぉく入ってくるのよ」

おほほ、とリヴァザード伯爵夫人は上品に微笑んだ。

「ロベルト様、ローゼリア様のお召し替えの準備が整いましたが、お連れしても？」

アンナが音もなく現れると淡々と告げた。

「ああ、もうそんな時間か。挨拶はもう済んだから行っておいで、リア。そのドレス、とても似合っていたから少し名残惜しいけれど」

「まあ、ロベルト様ったら。着替えてきてからさっきのほうがよかったなんて、お客様の前でおっしゃらないでくださいね？」

「客人がいなくてもそんなことは言わないよ。君の一番美しい姿は私だけが知っているんだからね」

ロベルトの甘く蕩(とろ)けるような声と言葉に、女性たちは色めき立つ。

そんな甘い空気を残してローゼリアは立ち去った。

「さて、もう一組のお客様は予想以上に早かったですわね。人数は？」

「表立って騒いでいるのは十四人、隠れているのが八人。合計二十二人。そのなかで武器を所持しているのが十八人でございます。詳細はこちらに。ロベルト様にも同じ内容をお伝えしてございます」

アンナは屋敷の見取り図を指してローゼリアに伝える。

「素晴らしいわ、アンナ。着替えの前に済ませてしまいましょうか」

「仰(おお)せのままに」

パーティ会場を離れ、ガーデンテラスの裏側に向かうと、そこにはアンナの報告通り、やかましく騒いでいるお客様がやってきていた。

「貴様！　罪人どもを庇っても得はないぞ！　フィベルト家が王家を謀(たばか)ったことはわかっているのだ！　王太子たる私が直々に断罪してやる！」

頭の痛いことを大声で喚き散らす彼らをやんわりと抑え込む執事のヨーゼフは、ローゼリアの靴音が聞こえるとホッと息をついた。

「これはこれは、オズワルド王太子殿下ではございませんか。取り巻きの方々まで引き連れて……皆様、このような辺境までどのような御用向きでしょうか？」

「貴様がフィベルト家の女か!?　よくも我が王家への大恩を仇で返したな！　この恥知らずの大罪人め!!」

ローゼリアはにっこりと微笑んで扇子を広げた。

「まあ怖い。そのような大声を出されると昔、我が家で飼っていた鶏を思い出してしまいますわ。うっかり絞め損ねてしまいまして……それはそれは苦しそうに喚いておりましたの」

「なっ……無礼な!!　殺されたいのか!?」

「とんでもない。私はただ幼き日に犯してしまったうっかりのお話で殿下たちに楽しんでいただこうと……」

「殿下、このような女に時間を使うのは無駄ですよ」

「さっさと金を取り返して屋敷に火を放ちましょう」

「すぐに物言わぬ骸となる者へ温情をかけるなど、殿下は本当にお優しい」

「命乞いをするなら貴様だけは助けてやらぬこともないぞ、女!!」

招かれざる客たちは、好き勝手な言葉を口々に述べる。

「アンナ、これパーティ会場に流しちゃってるのよね？　大丈夫かしら、フィーガン大公殿下とか」

「ロベルト様があらかじめ、度数の高いお酒を勧めてらっしゃいましたので、もうすっかり酔いが回って腰が抜けておりました。大丈夫です、多分」

アンナとローゼリアは扇子の陰で、呑気にそんな会話をしていた。

パーティ会場の中庭には仕掛けがしてあり、ここでの会話は会場内に筒抜けになっているのだ。

目の前で罵詈雑言を並べまくるお客様に、ローゼリアは背筋が寒くなった。

屋敷を挟んで真後ろの来賓方の殺気がチクチクと刺さるのである。

（私にあたられても困りますわ）

「何やら穏やかではございませんね。フィベルト家が罪人だと言うならば、しかるべき書状がございますでしょう。拝見しても構いませんか？」

「何を言っているのだ？　王太子たる私が罪人だと言えばそれは罪人！　面倒な手続きなど、時間の無駄なだけだ！」

「書状がなければ殿下といえど、お通しするわけには参りません。今は大切なパーティの最中でございますので、また後日に……」

「うるさい！　もう許さん！　この女の首を父上への土産にするぞ！」

王太子の言葉に、取り巻きたちが一斉に剣を抜き、ローゼリアを囲む。

どれも刃まで宝石で装飾されたピカピカの綺麗な剣だ。おそらく血に濡れたことなど一度もないのだろう。

剣を握るのは王太子をはじめ、騎士団長の息子や近衛兵の息子たち。しかし腰が引けていて剣先はガタガタにブレており、まるでごっこ遊びの様相だ。

「はっはっは！　恐れをなして声も出ないか！」

高笑いしていたオズワルドの手から、スポンッときらびやかな剣が引っこ抜かれた。

オズワルドの手に握られていた剣はいま、ローゼリアに切っ先をつままれてぶらさがっている。

「まあ、申し訳ございません。とても重たそうになさっていたので試しに引っ張ったら、抜けてしまいました。僭越ながら、剣の握り方がまったくなっておりませんよ、殿下」

ローゼリアは引き抜いた剣を王太子の腰の鞘にすばやく戻し、さあどうぞと微笑む。

するとと王太子の顔が猿のように真っ赤になった。

「殺せ！　この無礼な女を今すぐに！」

ローゼリアに向けられた剣が、一斉に振り下ろされた。

「ローゼリア様、こちらを」

「ありがとう、アンナ。下がっていて？」

アンナに渡された細身の愛刀を抜き、ドレスをひるがえして金ピカの剣を一本ずつ、根元から折っていく。

「ぎゃああッ！」

「痛い！　痛い！」

「剣が、剣が折れたぁ！」

一瞬の出来事。

お馬鹿様たちには、何が起こったのかさっぱりわからなかった。

ローゼリアの抜いた実用的で質素な剣が、装飾にまみれた悪童たちの剣を残らずへし折ったのだ。

悪童たちはそれぞれが、かつて父親と木刀で打ち合った時に同じ痛みを体験して「剣をしっかり持たないからだ！」と叱られた時のことを思い出した。

「あら、皆様やはり持ち方が間違っていたのですねぇ。おそらく三日は痛みが残りますよ？　でも……切られるよりはマシですわね」

その言葉に、半数の者は無様に逃げ出した。王太子は、腰が抜けたのか手首を押さえて震えている。

ローゼリアはゆっくりと剣を納めると、王太子を見下ろしてにっこりと微笑んだ。

「殿下、お顔に虫が付いておりますわ」

「な、何⁉」

「動くと刺されてしまうかもしれません」

「ならばお前が払え！　手が痛くて動かせないんだ！」

「かしこまりました」

飛んだ。

王太子が、空高く舞い上がった。

ローゼリアの拳を顔面に受けて、舞い上がり、ベチャッと受け身も取れずに落ちた。

「申し訳ございません、取れませんでしたわ。どうしましょう？」

にっこりと微笑むローゼリアに、残った取り巻きたちは伸びている王太子を引きずって逃げていった。

「僭越(せんえつ)ながらローゼリア様、あと五発は殴ってもよかったのでは？」

「私もそう思うわ。また次の機会ね」

「ローゼリア様のお召し替えが完了致しました。皆様、新たな装いの奥様を拍手でお迎えください」

お客様の相手を済ませた後、ローゼリアはドレスを着替えて会場に戻り、無事にお披露目パーティを終えた。

来賓を見送った後、少し昔話でもとフィベルト家に残った面子を客間に通し、二次会が始まる。

「おいおい、坊主！　あのオモチャを振り回してた馬鹿どものリストよこせ！　全員たたっ切ってやる！」

「いやだわ、フィーガン大公殿下。そんな野蛮なことしか言えないから、ロベルトちゃんが貴方を動けないようにしておいたのがわからないのねぇ。お馬鹿さん」

「なんだと、リヴァザードのばーさん‼」

「フィベルト公爵御夫妻、構わずに話を始めてください。主人に早急に報告をしなければなりませんので、無駄話はほどほどにお願い致したく存じます」

円卓に並ぶのはフィーガン大公、リヴァザード伯爵夫人、そしてパーティには参加しなかったが屋敷内で一部始終を見ていたビアンカ嬢――ハーベスト辺境伯の秘書である。

ロベルトは立ち上がり、簡単に礼をする。

「ビアンカ嬢のお言葉に甘えまして、挨拶は割愛致します。皆様に今回の茶番をご覧いただいたのは、我が妹……マーガレットにあの王太子殿下が行ったとされる愚行を、皆様に信じていただくためです」

オズワルドの婚約破棄騒動は、普段辺境暮らしで滅多に他人に顔も見せないでいる、かつての国の要人たちにはかなり端折られて伝わっている。

噂嫌いのフィーガン大公は、マーガレットが婚約破棄された、としか知らなかった。

「まさかあそこまでとはな……マーガレットちゃんには悪いことをしちまったぜ」

「むしろ、婚約破棄は好都合だったかもしれませんね。マーガレットちゃんのようないい子をあの馬鹿の妻になど……」

フィーガン大公、リヴァザード伯爵夫人がため息をつくなか、ビアンカ嬢が挙手をした。

「なぜ、国王陛下はあの王太子を廃嫡なさらないのですか？　どう考えてもアレは次期国王の器ではございません。愚王になる未来しか見えない、救いようのない馬鹿息子ではありませんか。公爵令嬢である婚約者のマーガレット様に対する侮辱行為に、一方的な婚約破棄。廃嫡の理由としては十分でしょう？　平民上がりの私には、陛下のお考えがまったく理解できません。納得のいく説明を要求致します」

ビアンカ嬢は無表情のまま、淡々と言葉を紡ぐ。

あまりにも飾らない言葉は、無礼ではあるが現状を的確に指摘していた。

「ビアンカ嬢、不敬罪で切られますわよ」

「リヴァザード伯爵夫人、私は爵位を持たないただの身代わり人形です。我が主、ハーベスト辺境伯に正しい真実を伝えるためならば礼儀など、クソ食らえでございます」

ビアンカ嬢に迷いは一切なかった。

「はっきり言って、あの王太子が国王になれば国は滅びますよ。我々国民よりも息子が可愛いのならば、そのような国王には早々にお隠れ願いたいものです。頭が腐っていては、困るのは我々手足にございます」

ビアンカの言葉はまったくの正論だった。

「しかし、あの国王はオズワルドを廃嫡しないでしょうね。無論、王位を退くことも。あの方はそういう方です。本人も自覚されていませんが、玉座に固執されていますから」

ロベルトはワイングラスを置いてから立ち上がった。

「あの国王と王太子は、そんなに我が身が大事なら、永遠に城のなかで引きこもっていればよいのです。国民が誰一人残っていない、空虚な城にね。ええ、マーガレットの人生をたっぷり無駄にさせたのですから。その報いは受けていただきますよ」

リヴァザード伯爵夫人が、扇子を開いた。

「ロベルトちゃん、貴方の目的は……」

「その通りですよ、マダム」

ローゼリアが立ち上がり、ロベルトとともに高らかに宣言した。

「我がフィベルト公爵家は、このミーマニ王国から独立致します。フィーガン大公殿下、リヴァザード伯爵夫人、ビアンカ嬢。どうかご協力を賜りたくお願い存じます」

——革命が始まった。

一方その頃、ハーベスト辺境伯の治める領地。

前国王から大きな信頼を寄せられていたハーベスト卿は、今でも国境の番人として国の平和を守っている。

国に仇なすものは、何者であろうと無常に切り捨てることから「心の代わりに鉄の塊が詰まっているのだろう」と揶揄されるほどだ。

「おはようございます、ハーベスト卿。お加減はいかがでしょうか？」

「おーおー、マーガレットよ。まだ腰の調子がなぁ……立ち上がるのは少し無理そうだ」

「では、今日もお部屋でお食事を摂りましょう」

「うんうん、マーガレットも一緒に食べなさい。一人で食べるのは味気なくて食が進まなくてな」

このベッドの上でデレデレとえびす顔を浮かべている男が、ハーベスト卿である。

何かにつけて理由をこじつけ、食事をともにさせたり本を読んでくれとねだったりとマーガレットを離さない。

ハーベスト卿にとって、マーガレットはマリアのお腹のなかにいた時から知っている、可愛い孫のような存在なのだ。

今までも腰を痛めたり体調を崩したりすると、馬車で二日もかかる辺境だというのに、マーガレットは疲れた顔を一つも見せず、お見舞いに来てくれていた。

世間はマーガレットをマリアの偶像として崇めていたが、ハーベスト卿から見れば、なんてひどいことをするのかと、はらわたが煮えくり返る思いだった。

——国をあげて、亡くなった母親の代わりになれと娘に強いるなど……それがどれほど残酷なことかもわからんとは、先代の国王陛下もお嘆きになられていることだろうな。


ハーベスト卿の屋敷には、一年中花が咲き乱れる美しい庭がある。

マーガレットはそれを眺めながら、用意された紅茶を口に含んだ。香ばしい香りに渋みの少ないそれは、マーガレットが好む茶葉だ。

こうしてゆっくりと腰かけ、美しい景色を眺めながら時間を気にすることなくお茶を飲む。

マーガレットの十七年間の記憶のなかで、そんな時間はとても少ない。


十一年前、優しくて強い、素晴らしい母親マリアが亡くなった。

流行り病を終息させた彼女は、聖女として崇められ、国の誰もがその死を悼んだ。

しかし、民たちから寄せられる称賛は、幼いマーガレットの心には届かなかった。

——どんなに喜ばれても、褒められても、大好きだったお母様は帰ってこない。

だからこそ、強く生きなければと、マーガレットは誓った。私たちが生きていくために、お母様は頑張ったのだから、と。

しかし、フィベルト公爵家の悲劇はそれだけでは終わらなかった。

父親のローランドがマリアを失った悲しみに押し潰されてしまったのだ。

毎日泣き喚き、突然叫び出し、マリアのドレスを抱きしめて眠る。

そんな父を必死で宥め、なんとか仕事をさせていたのは、当時十歳のロベルトだった。

ローランドが領地を治めなければ、マリアが愛し、守った国民が飢える。

ロベルトは父を、時には怒鳴りつけながら必死に支えた。

幼いマーガレットには、涙をこらえて大人しくしていることしかできなかった。何もできない自分が、歯がゆくて堪らなかった。

しかしロベルトの奮闘も虚しく、ローランドはどんどん憔悴し、痩せこけるばかり。

そんなある日、「このままではお父様まで死んでしまうのではないか」と怖れたマーガレットは、久しぶりに父の寝室のドアをノックした。

室内はマリアのドレスで埋め尽くされており、それを踏まないように一歩一歩進む。

「お父様、大丈夫ですか？」

マーガレットが手を握ると、横たわっていたローランドは飛び起き、マーガレットを抱きしめた。

「マリア!!　帰ってきてくれたのか、マリア！　やはり生きていた！　死んでなどいなかったんだな、マリア！」

マーガレットを抱きしめて、ローランドは歓喜した。

その声に気がついて部屋に駆け込んできたロベルトが、二人を引き離す。

「父様！　何をおっしゃっているのですか!?　マーガレットは貴方を心配してここに……」

「違う！　マーガレットじゃない、マリアだ！　死んだのはマーガレットだ‼　マリアは生きているんだ‼」

マーガレットの記憶に残っているのは、父のその叫びまでだ。気がつくと、兄の婚約者であるローゼリアの生家、ドラニクス家の部屋の天井を見つめていた。

それから半年間、マーガレットはドラニクス家に預けられて生活した。

ローランドは、療養のため空気がよく人気の少ない辺境に送られることになり、フィベルト家の領地はローゼリアの叔父に補佐を頼んで、幼いロベルトが当主代理として治めることになった。

マーガレットの心は、凪いでいった。

母を喪（うしな）った悲しみも、父が壊れてしまった悲しみも、自分の心の奥底に深く深く沈めた。

そうしなれば、悲しみに心が呑まれてしまいそうだったからだ。

やがてオズワルドの婚約者として王太子妃教育が始まると、淡々と勉学にうち込み、オズワルドのフォローに回る毎日を送った。

幸いなことに、勉強はとても楽しく、自分のなかに知識が蓄えられ力になっていくのは本当に嬉しかった。

外交でも、様々な国や文化を知り、いろんな人に出会えることが嬉しかった。

婚約者のオズワルドには嫌われていたが、幸いこの国には側室制度がある。

王家の血筋を守るために子を授かることや、寵愛を受けることは側室に任せて、自分は国のために精一杯働こうとマーガレットは心に誓っていた。

子をなさぬ女は正妃にふさわしくないと声が上がれば、正妃の座を譲り、側室としてこの蓄えた知識を民のために使おうと、そう思っていたのだ。

オズワルドから婚約破棄を言い渡され、母のイヤリングが砕かれた時……マーガレットの脳裏には『またなのね』という呟きがぼんやりと浮かんだ。

母の偶像としてしか求められていなかった自分が、民の役に立つために働くなんて、おこがましいことを願ったから、罰が当たったのだと――

誰も『マーガレット・フィベルト』という存在を求めてはいない。

必要とされているのは『聖女マリア・フィベルトの娘』なのだ、とマーガレットの心は凍りついた海のように、わずかな波すら立たなくなった。

「マーガレット様、旦那様が夕餉をともにしないかと仰せですが、いかが致しますか？」

ハーベスト卿のメイドからの言葉で、マーガレットはいつの間にか辺りが暗くなっているのに気がついた。

「申し訳ありません、ボーっとしておりました。ご夕食、ぜひご一緒させてくださいませ」

メイドに微笑みかけ、再び物思いにふける。

きっと自分はもう、誰からも必要とされることなどないだろう、と。

この翌日、マーガレットの考えは、粉々に打ち砕かれることになる。

『貴女が好きです!!　俺と結婚してください!!』

それは今まで何度も自分という存在と努力を否定され、凍りついていた心にやってきた、嵐だった。

お披露目パーティを終えて、マーガレットがハーベスト辺境伯のもとから帰ってくる。

「まだ馬車は着かないのかしら？　早く可愛いマーガレットに会いたいわ」

パーティの前準備やら後処理やらで、結局一ヶ月もマーガレットをハーベスト邸に泊まらせることになってしまった。

ハーベスト卿は「なんならうちの子にしてもいいぞ？」と何度か手紙を送ってきたが丁重にお断りした。

その手紙を見たアンナは「あの偏屈爺」と呟き、手紙を竈（かまど）の焚きつけに使っていた。

「ロベルト様もお出かけ中だから寂しいわ」

「ここのところ、騒がしい日が続いておりましたからね」

ちなみにロベルトは、お披露目パーティでの事件について、王城へ報告をしに行っている。

使用人たちもソワソワして、朝からマーガレットの好物であるクランベリーのスコーンを焼いていた。

紅茶がだいぶぬるくなった頃、ようやくマーガレットを乗せた馬車が見えてきたと報告があった。

「ローゼリア様、お紅茶を淹れなおしてまいります」

「二番目に飲んだ茶葉がいいわ。一番渋味が少なかったから」

「かしこまりました」

淑女たるもの、部屋で静かに待つもの。

犬のように玄関までバタバタと迎えに行ったりはしない。

「ただいま帰りました。ロベルトお兄様、ローゼリアお義姉様。お会いしとうございました」

「おかえりなさいマーガレット!!」

でも、可愛い義妹は別なのです！　そう、ダッシュで迎えに行っても構わないのです!!

一ヶ月ぶりのマーガレットは、少し表情が柔らかくなっていて、相変わらずとても可愛い。

「ローゼリアお義姉様、ただいま帰りました。こちら、ハーベスト卿からのお土産です。おいしい蜂蜜を頂きましたの」

「まあ、ちょうどスコーンをたくさん焼いたのよ。早速頂きましょうか」

「お義姉様のスコーンですか？　食べたいです!!　あ、私ったら……恥ずかしい」

――キッチンから「マーガレットお嬢様のはにかみ笑顔だあああ!!」と雄叫びが聞こえるのですが。後で締めましょう、私だって叫びたいのにひどいではありませんか。

「あの、それと、お義姉様……出かけている間に、お友達になった方がいて……その、勝手なのですが、お招きしておりますの。上がっていただいてもよろしいですか？」

「お友達？　もちろん大歓迎よ！」

ぺこりと一礼すると、マーガレットは玄関に歩いていった。

その足取りは軽く、ローゼリアまで嬉しくなる。

「マーガレット!!　早く入れてくれよ!!」

「きゃあ!?　シリウスったら、ドアの開け方は教えたでしょう!?　もう！」

大きな音を立ててドアが開くと、背の高い男性がマーガレットに飛びついた。

鍛え抜かれた体は、がっしりと逞しい。

この国では滅多に見ない黒い髪はつややかで、まだ少し声が高い。おそらくマーガレットよりも年下の少年だ。

シリウスと呼ばれた少年は、マーガレットを包み込むように抱きしめている。

「シリウス、まずはローゼリアお義姉様にご挨拶して？　お招きいただけることになったのだからきちんとね？」

「ん、わかった」

シリウスの頭を撫でるマーガレットの表情は大型犬を愛でているようで、友人に対するものとは違う気がしたが、本人が友人と言っているので、ローゼリアは気にしないことにした。

「お義姉様、ハーベスト辺境伯のもとでお友達になったシリウス様ですわ」

「初めまして、ローゼリア様。シリウスと申します。マーガレットとは友達じゃなくて恋人ですので、間違えないでください」

「ちょ……シリウス!!」

優雅に礼をすると、シリウスはさらりととんでもないことを言ってのけ、マーガレットにポコポコと叩かれている。

「きちんとご挨拶しなさいって言ったでしょう？　それに、立派な紳士になるまではお友達って言ったじゃない！」

「マーガレットは可愛いから恋人にしたいって男は何人も湧いてくるぞ。ほかの奴に取られるのがいやだからここまでついてきたんだ。俺はマーガレットと結婚する」

「ここでそんなこと言わないでちょうだい!!」

さらにシリウスとやらをポコポコと叩くマーガレット。

（あらあら……何やら、穏やかではないわねぇ）

「ローゼリア様、大変です」

「アンナ、珍しいわね。どうしたの？」

「キッチンのマーガレット様を敬愛する男衆が、今にも戦を始めんばかりの勢いです。現在食料庫に捕獲しておりますが治まりそうにございません」

「仕方ないわねぇ。ここはアンナに任せるわ」

「ローゼリア様のお手をわずらわせることをお許しください」

「これも妻の務めだもの」

——さて、キッチンの男衆たちはちょっと痛い目を見てもらいましょうか。別にけしかけても構わないんだけど、マーガレットが満更でもない様子なのよねぇ。

――嬉しいことだけど、ちょっと面白くないわ。やっぱり三人くらいけしかけようかしら？

ローゼリアの報告を聞いて、ロベルトは国王との話もそこそこに、屋敷へとんぼ返りしてきた。

「やあ、君がシリウス君だね？　ちょっと二人でお話ししようじゃないか」

有無を言わさず首根っこを掴み、シリウスはロベルトの私室に連行された。

この国では非常に珍しい、黒髪に黒い瞳。

そして名前。

貴族の名前はすべて把握しているロベルトとローゼリアも、シリウスという名前は初耳だ。平民にしても耳慣れない響きだった。

「初めまして、お義兄様。お目にかかれて光栄です」

「次にお義兄様と呼んだら追い出すからね」

「とりあえず、貴方の出自から何から残らず教えてちょうだい？」

先ほどから夫婦で思い切り殺気を向けているのだが、このシリウスという少年はまったく動じない。

彼は一息ついてから語り始めた。

「俺は元々、捨て子でした」

シリウスを育てたのは、誰も寄りつかない深い森のなかで一人暮らす老人だったという。

彼の話では、ある日赤ん坊のシリウスが籠に入れられ、「育ててほしい」という旨が書かれた手紙とともに玄関の前に置かれていたらしい。

老人はいつも仏頂面で言葉数の少ない人だったが、シリウスを大切に育ててくれた。

そしてとても物知りで、薪の組み方や火の熾し方、簡単な料理の作り方など、生きるために必要なことだけでなく、文字の読み書きから数の計算などたくさんのことを教えてくれた。

「一番、熱心に教えてくれたのがこれの作り方です。他にも、いろいろありますけど」

シリウスがポケットから取り出し、二人に差し出したのは、手のひらに乗るほど小さな時計だった。

上位貴族に生まれ、アンティークにも最新の技術にも造詣が深い二人でも、こんなに小さな時計は見たことがない。

フィベルト家にも時計はもちろんあるが、それはロベルトよりも背の高い振り子時計だ。

シリウスが取り出した時計を、ロベルトが注意深く観察する。

秒針は一定のリズムで動いており、秒針が十二の文字を通りすぎると、分針がかちりと一度だけ動いた。

「君の父君はご健在なのかな？」

「四年前に亡くなりました」

ロベルトの問いかけにあっからかんとシリウスは答えた。

「父さん……父は何度も俺に言ってました。自分の死に際に、もっと生きたかったと後悔する人生を送れ、俺みたいになるなと。何度も口癖みたいに……だから旅に出ることにしました。いろんな世界でいろんなものを見て、やりたいことを片っ端からやってみようと思って」

それまで、父親を亡くしたことも自分が捨て子だということも、なんの憂いもなく話していたシリウスだったが、その時一瞬だけ、寂しそうな影が表情に浮かんだ。

「それで、マーガレットに出会って、一目惚れして結婚を申し込んだわけなんです」

ロベルトがわざとらしく咳をすると、シリウスは慌ててマーガレット様と呼びなおして続けた。

その日、シリウスはいつものように地面に敷いた布に時計を並べて、売りながら道行く人を眺めていた。

シリウスが作る精密で小さな時計は珍しいもので、いつも見物客は多く集まる。けれど「胡散臭い」という表情を隠さない者がほとんどで、歓迎されることはあまりない。

しかしその日は珍しく、足を止める者がどこか陽気な雰囲気をまとっていることに気づいた。よく見れば町の人々が皆、なんだかそわそわとしていて、とても楽しげな雰囲気だ。

「おっちゃん、今日は祭りでもあるのか？」

隣で靴磨きの看板を出して腰かけている男に何気なく尋ねると、彼はよくぞ聞いてくれたとばかりに語り出した。

「今日はマーガレット様が町に来てくださるんだよ！　あの方は、天使様みたいなもんさ」

靴磨き屋の男の話では、マーガレット様とは公爵家のお嬢様でありながらちっとも偉ぶらず、平民とも対等に会話をしてくれ、それでいてとても美しくお優しい御方なのだという。

そして王太子の婚約者だった彼女が受けた仕打ち。婚約破棄騒動とその顛末……今は事件に心を痛め、平穏を求めてしばしハーベスト領へ滞在しているらしい、という話まで、男は高らかに語った。

物語のような展開に、シリウスは途中から話半分で聞いていた。

「おっ！　噂をすれば、マーガレット様だ！　相変わらずなんて可憐な……」

男の言葉にどれどれと視線を向けると、シリウスは現金にも視線が釘づけになってしまった。

両手いっぱいに抱えた果物と花、簡単に一つにまとめられた長い髪は美しい亜麻色。麻のワンピースは品のいいクリーム色で、何よりも惹かれたのは彼女の笑みだった。

耳をくすぐる愛らしい声は、今まで聞いてきたどんな音よりも心地よく、笑顔は見ているだけで心が満たされていくような心地がした。

マーガレットはシリウスの露店に近づくと、陳列された商品を大きな瞳でじっと見つめる。

「これは、時計なの？　こんなに小さくて正確な時計は初めて見たわ。すごい……なんて繊細なのかしら」

キラキラとした、好奇心に満ちた瞳で自分の時計を見つめる姿に、シリウスは喜びと気恥ずかしさでむずがゆくなった。

「この時計は、どちらの国のものかしら？」

「あ、いえ……俺が作りました」

適当に他国からの輸入品と言ったほうが売れやすかっただろうか、などと考えるシリウスの手を、マーガレットは握りしめた。

「すごいわ！　こんな精密なものが作れるなんて……それにとても美しいのね。これ、おいくらかしら？」

マーガレットはその時計を購入し、大切そうに両手に握り、それからシリウスに何度も手を振って、再び歩き出した。

……しかし、商売のかたわらなんとなく見守るシリウスが心配になってしまうほど、彼女は柔らかな毛布のように優しげだった。

迷子になって泣いてる子どもの手を引いて親を探してやったり、大荷物を抱えた爺さんを手伝ってやったり……

多くの国を巡って時計を売り歩いたシリウスは、人の狡賢さにはすっかり慣れていたが、マーガレットのようなどこか危なっかしいほどの優しさに触れたことはなかった。

「相変わらず、マーガレット様はお優しいなぁ。あんなことがあったっていうのに。今までと変わらず笑顔を絶やさないでいらっしゃる。あの方はもっとわがままになるべきさ」

マーガレットを見つめていると、シリウスの胸のなかには不思議と温かなものが広がり、ある大きな決心が生まれていた。

――彼女を、世界で一番幸せにするんだ。

次の瞬間、シリウスは走り出し、マーガレットの前に膝をついてこう叫んでいた。

「貴女が好きです!!　俺と結婚してください!!」

当然、周囲の人々からボコボコにされたが、それからシリウスは毎日マーガレットを探しては求婚し続けた……


ローゼリアは、ずいぶんと久しぶりにロベルトが他人に言い返す言葉を失っている顔を見た。

ここまでまっすぐに、純粋な目で言い切られるとなんだか感心してしまい、おそらくこのまっすぐさにマーガレットも絆(ほだ)されてしまったのだろう。

――ものすごーく癪(しゃく)だけれど、なかなか見る目があるわ。ロベルト様に睨まれてもまったく怯まないところも見込みがあるし、ちゃんと育てれば伸びそうね。

言いたいことを言って満足げなシリウスは、ハーベスト辺境伯からの手紙を出してきた。


「ハーベスト卿は、シリウスの父親はおそらく勇者ではないかとお考えのようだよ」

「まあ……」

夜、ロベルトとローゼリアは二人だけでハーベスト卿からの手紙を開封し、読んだ。

勇者――それは、太古の遺跡から発掘された『勇者の門』という道具を使い、異世界より呼び出された若者たちを指す言葉だ。

勇者の門で呼び出すことができるのは、健康で正義感が強く、賢い若者。

彼らはこの世界には存在しない素晴らしい技術や知識を豊富に持っていて、国に大きな発展をもたらすという。

まるで夢物語のような話だが、勇者の記録は大量に残っており、彼らが書いたという手記も残されている。

異世界から呼び出された、という話の真偽はともかく、勇者と呼ばれた彼らが特別な技術や知識を持つ人間だったということは確かだ。

勇者は皆、この大陸では非常に珍しい……ほとんど存在しないと言っても過言ではない、黒い髪に黒い瞳をもっていたという。

シリウスは自分が捨て子だと言っていたが、もしかしたら育ての親が本当の父親なのかもしれない。

今となってはそれを確かめることはできないが。

一つ確かなことは、彼が勇者の血を引いている可能性が高いということ。そして彼の作る時計を見るに、勇者の技術を持つということ。

「やはり辺境伯も、シリウスを野放しにするのは危険だとお考えのようだよ」

シリウスは髪と瞳、どちらも黒い。

勇者の門で呼び出された若者たちは、この世界よりも教育水準が高い世界から来たらしく、二桁以上の数字を簡単に暗算できたり、国の知将も舌を巻くような戦術を組み上げたりすることができたという。そのために、神々の加護を得ているのだと言われている。

彼らを欲しがる国はあまりに多く、公爵家でシリウスを保護してほしいというのがハーベスト卿の考えだった。

国境に近い辺境伯領は他国との交流が盛んで、よくも悪くも人の出入りが激しいため、シリウスを置いておくのは不安が大きい。

辺境伯の屋敷で数日過ごさせてみたらしいが、この世界では普通ではないことが、彼にとっては常識として体に染みついてしまっており、厄介なことに本人にその自覚がない。

おそらく、父親もシリウスを育てていく上で気を配っていたはずだろうが、彼はシリウス以上にこの世界の常識とかけ離れた人物だったのだろう。

国籍が違うだけでもマナーや考え方が大きく違うのだから、まして異世界からやってきたのであれば仕方のないことだ。

しかしこのまま放置してしまえば、彼の持つ技術や彼自身の存在を悪用しようとする人間はいくらでもいるだろう。

シリウスには、教育と自身を守るための地位が必要だ。

それを身につけるだけの能力は持っているだろうと、ハーベスト卿も手紙に書いており、ロベルトとローゼリアも確信していた。

「というわけで、君にはここで改めて常識を教育しなおすことになった。拒否権はないからね」

「はい。よろしくお願いします。こちらこそ願ったり叶ったりですよ。利用されて後悔するのは勘弁なので」

シリウスは大した抵抗もなく従った。

彼としても、育ててくれた父の唯一の願いを踏みにじるのは御免だった。

ぶっきらぼうで、それでもとても優しかった父の言葉を、シリウスは必ず守ると決めていた。

一方マーガレットは、ハーベスト辺境伯領から帰ってきてから、ずいぶん明るくなった。

他国の重鎮との食事会などにハーベスト卿の代役として参加し、様々な話を聞いてよい刺激になったらしい。

マーガレットは王太子妃教育で八カ国の言葉を習得しており、そのおかげで人脈も広がり、新たな友人も多くできた。

今までは王太子の婚約者として一歩引き、オズワルドのフォローに回ってばかりいたため、今回は思い切り外交が楽しめたようだ。

そして、ロベルトとローゼリアにはいささか面白くないが、シリウスの気取らない性格や猛アピールに引っ張られて、気持ちが明るい方向へ向かっていることもある。

「最近はよく、外に出ていますわね」

「エリク草の栽培方法について、面白い文献を読んだらしいよ。安定して大量に収穫できる方法が見つかるかもしれないから、研究用に畑を貸してほしいって言われてね」

エリク草とは煎じてお茶にするだけでも薬として効果があるという、万能の薬草だ。

いまだに畑での栽培方法が確立されておらず、険しい山道を探索しないと手に入らないことから、かなりの高額で取引されている。

そのエリク草が安定して栽培できるようになれば、多くの命を救う薬が作れることだろう。

マーガレットは真夏の日差しの下、畑を自ら耕し、エリク草の栽培を試みている。区画ごとに肥料の配合を変えた土に種を植えて、毎日芽の伸び具合や天気、雨量、それに合わせた水やりを細かく記録する。

自分の研究だからとすべて自らの手で行っているのだが、ロベルトとローゼリアを始め、使用人たちもシリウスもハラハラしながら見守っていた。

ローゼリアはマーガレットの可愛い手がかぶれたら大変だからと、薬草栽培専用の手袋をプレゼントし、ドラニクス家から三頭、番犬として訓練を受けた犬を連れてきて畑の見張りにつかせた。

この犬たちが非常に優秀で、マーガレットが畑に夢中になりすぎて休憩を怠ると、吠えて知らせてくれるのだ。

「マーガレット。楽しそうだけど、最近は日差しが強いから体に気をつけなさい」

「まあ素敵。ありがとうございます、お兄様」

ロベルトが麦わら帽子をプレゼントすると、とても気に入り、毎日かぶっている。若草色のリボンのついたそれは、マーガレットにとてもよく似合っていた。

「お嬢様、お召し物が汚れてしまいますので、こちらのエプロンをお使いください。薬草がよく育つようにお日様の刺繍を施しました」

「ありがとう。嬉しいわ、アンナ！」

マーガレットは早速エプロンを身につけてくるりと回り、軽く裾をつまんで微笑んでみせた。

アンナは人生で最高の瞬間だと心のなかで涙した。

「マーガレットお嬢様、レモネードです！」

「とってもおいしいわ！　どうもありがとう」

料理人のジャックが氷でよく冷やしたレモネードを持っていくと、満面の笑顔で飲んでくれた。

自腹で高い氷を仕入れて本当によかったとジャックは号泣した。


薬草は少しずつ増えていった。

育ちの悪い芽は間引いて、よく育つ方法を選別していった結果だ。

少しずつといっても、育て始めた期間だけを見ると異例の速度で増えている。

「ロベルトお兄様。畑をもう一面お借りしたいのですが、よろしいでしょうか？」

「構わないけど、一面では足りなかったのかい？」

「いいえ、連作障害を起こすおそれがあるので、来年もう一面を使えるように、今のうちに耕しておきたいのです。相性のいい肥料もわかりましたので、土に馴染ませておくとさらに効率的に栽培ができる可能性があります」

「それなら、人を雇うかい？」

「そうですね……育った薬草の一部を、薬師をしている友人のメアリ嬢に送ったところ、今の量でも十分に薬が作れるとのことでした。保存の仕方も教わりましたので、半分は葉のまま保管し、もう半分は薬にして販売したいと思っております。ですので栽培の手伝いと販売、保存管理を任せられる人物を探していただきたく存じます」

「わかった、任せておきなさい」

それからマーガレットはより一層、栽培に力を入れるようになった。

ロベルトの雇った人々と交流し、栽培はより安定していき、畑は青々と美しく広がっていった。

マーガレットは風に揺られる畑を眺めながら、木陰でよく冷えた紅茶を飲んでいた。

心地よい風が、土の匂いを運んでくる。

日差しのなかで作業を続けて火照った体に、冷たい紅茶が心地よく染みわたる。

――こんなに満たされた時間は、久しぶりだわ。

ぼんやりと畑を眺めながら、マーガレットは一人物思いにふけった。

オズワルドに婚約破棄を言い渡され、母の形見を砕かれてから、心を丸ごとくり抜かれたような、もう何もかもがどうでもよくて、すべてを手放してしまいたいような気持ちでいっぱいだった。

時間をかけて、ロベルトとローゼリア、そして使用人たちの優しさに包まれて、マーガレットのくり抜かれてしまった心は少しずつ、温かいものに満ちていったのだ。

しかし、一度欠けてしまったものを取り戻しつつある今だからこそ、悩んでしまうことがある。

――私は、もっとオズワルド様にして差し上げられることがあったのではないかしら……？

マーガレットに、オズワルドに対する恋愛感情はまったくない。

六歳の頃になかば無理やり婚約が決まり、優しい言葉の一つすらかけられた記憶がない。

しかし、十年も一緒にいれば情は湧く。

ロベルトが婚約を白紙化したがっていたことは知っていたが、今回のような騒ぎがなければ、マーガレットは王妃として嫁ぐことを厭わなかっただろう。

「マーガレット様、貴女はこの国の希望なのです」

「貴女は国母となるためにお生まれになったのです」

城の教育係たちは、何度も何度もマーガレットにそう言い聞かせた。

オズワルドは毎日のように、お茶がぬるい、パンが硬い、挙句の果てにはメイドの顔が気に入らないと些細なことで癇癪を起こし、追い出せ、鞭打ちにしろと騒ぎ立てた。

そうした横暴に巻き込まれ、罪なく罰せられることを命じられた使用人たちを、マーガレットは何人も救ってきた。

城に出入りできる人間で、王太子に異を唱え、使用人に心を配る者はマーガレットただ一人だったのだ。

父である国王すら、たった一人生き残った息子のオズワルドには厳しい態度を取れず、叱ることも注意することもしてこなかった。親がすべきことをマーガレットが代わりに担い、国王は思う存分に息子を甘やかし、不都合な事実には目を背け続けた。

だからこそ、王城に勤めるものは命綱のような存在のマーガレットを手放すまいと、万が一にも次期王妃が別の人間に代わらぬよう、必死になっていた。

王城が、国全体が、マーガレットに依存しきっていたのだ。

おそらく、ロベルトとローゼリア以外に気づいていた者は少なかっただろう。

マーガレット自身も、それは自分に与えられた当たり前の役割だと思っていた。

次期王太子妃として必要なことだと思い込んでいた。

しかし、婚約破棄されて、王城に行くことがなくなり、自分を本当に愛してくれる人たちに囲まれる日々のなかで、自分の思考がおかしくなっていたということに気づくことができたのだ。

「……いつまでも、オズワルド様を気にかけてばかりではダメ」

マーガレットは迷いを振り切るように頬をパチンと叩くと、立ち上がり、再び薬草畑へ向かった。

――いま、私がするべきこと……やりたいことは、目の前にあるもの。

自分を鼓舞するように、小さく微笑みを作るのだった。

「ロベルト様、明日の陛下へのお目通りは私に行かせていただきたいのです」

「おや、どうしてだい？　リア」

国王陛下へのお目通りとは、領地からの税を納めるほか、新しい作物が生産できた際などに報告へ向かう、領主の業務の一つ。

明日のお目通りでは、マーガレットの育てている薬草についても報告する予定だ。

「実は私、国王陛下とお言葉を交わしたことがございませんの。フィベルト家に嫁いでくる前は、お目通りは父上の役目でしたから」

「なるほど。フィベルト家の妻として、国王陛下への御挨拶もしたいんだね？」

「おっしゃる通りですわ。それともう一つ……」

ローゼリアは愛用の扇子で口元を隠した。

「国王陛下は最近、ロベルト様にずいぶん腰が低くなられたとか……ロベルト様でなく、妻の私が来たとおわかりになった陛下の腰の伸び具合をぜひ拝見したいのです」

「リアも意地悪になったねぇ」

「ロベルト様の妻ですもの」

二人はころころと、それは楽しそうに笑った。


そしてお目通りの日。

謁見の間は、美しい淑女の姿に色めき立った。

「フィベルト公爵家のローゼリア夫人だ」

「あのドレスをご覧になって？　生地もデザインも一級品ですわ」

「その素晴らしいドレスが、まるで肌の一部のようにお似合いで……ため息が出てしまいます」

「学生時代は才女と有名でしたわね。お美しくてなお、優秀でいらっしゃるなんて、神は彼女に二物を与えましたのね」

噂話に花を咲かせる貴族たちにローゼリアがにこりと微笑みを向けると、皆が頬を赤らめた。

「国王陛下、ベルナルド様の御成りである‼」

玉座にやってきた国王に、全員が礼をする。

ローゼリアがピカピカに磨かれた床に映った国王の顔を見ると、こちらを見てあからさまにホッとした様子なのがわかった。

「皆、面を上げよ」

お目通りは階級の低い者から始めるのが決まり。公爵夫人であるローゼリアはほぼ最後となる。

それまでに、周りの貴族たちの顔と名前、場内の兵や宰相の表情をしっかり確認しておく。

「次、フィベルト公爵家より、ローゼリア・フィベルト公爵夫人！　前へ！」

呼ばれたローゼリアは、足音一つ立てずに謁見(えっけん)の間の中央に立ち、完璧なカーテシーを見せる。

「面を上げよ。発言を許す」

「国王陛下にお目通りいただき、誠に光栄に存じます。我が夫、ロベルト・フィベルト公爵に代わりまして陛下の御前に参上つかまつりました。ローゼリア・フィベルトにございます。本日は、フィベルトの地の報告に参りました」

手元の報告書にはほとんど目を落とさず、細かい数字まで滑らかに読み上げる。

貴族たちだけでなく、衛兵たちまでもその姿に思わず見惚れた。

「そして、新しい作物の安定生産のめどが立ちましたのでご報告致します。エリク草でございます」

エリク草、という言葉に、場内の皆がざわめく。

「静粛に！　静粛に!!　ローゼリア公爵夫人よ、それはまことか？」

「もちろんでございます、陛下。こちらをご覧ください」

あらかじめ、従者に渡していた瓶詰めのエリク草が国王に渡される。

「そちらは長期保存するため、葉を乾燥させたものでございます。そちらの瓶には五グラム……同じものを、我が領地には十キロほど保管してございます」

「なんと……!? 今までの国内生産の倍以上ではないか！ しかもフィベルト公爵領のみで!? エリク草の栽培を、そなたが成功させたのか!?」

「いいえ、陛下。私は一切手をつけておりません。栽培を成功させたのは、マーガレット・フィベルト公爵令嬢。我が義妹にございます」

再び謁見の間がざわつく。

ローゼリアがパンッと扇子を開くと、水を打ったように静かになった。

「マーガレット嬢が、療養のため学園を長期休養しているのは皆様ご存知かと存じます。その間、領民の役に立つために畑を一面借りたいと、ロベルト公爵に自ら進言してきたそうです。王太子妃教育のおかげで農作物の栽培についてもかなりの知識がございましたので、それらを応用して様々な薬の材料となるエリク草を安定生産できるようになれば、このミーマニ王国に暮らす人々のお役に立てると毎日毎日、自らの手で土を耕し、雑草を抜き、土まみれになりながら一生懸命に……それがようやく実を結び、こうして国王陛下へご報告叶うことと相成りました」

「な、なんと……！」

「王太子殿下からあのような仕打ちを受けたというのに、素晴らしい愛国精神だ」

「公爵令嬢が自ら土仕事を……なんといじらしい」

「マーガレット様が国母になられないのは、この国の大きな損失だな」

「まったく、その損失を招いた御方には困ったものだ」

周囲の貴族たちは口々にマーガレットを讃える。

「国王陛下、そちらの瓶詰め一つでも薬が作れるそうです。品質確認も兼ねてお納めください。そして……私、ローゼリア・フィベルトは義妹、マーガレット・フィベルトの行動、心構えに強く感銘を受けました。十七歳という若さでありながら、自らの手と知識を惜しみなく民のために注ぐ姿は、嫁いで間もない私に、公爵家の人間としての在り方を百の言葉よりも千の書物よりも雄弁に教えてくれるものでした。私もマーガレットを見習い、フィベルト公爵家の妻として驕ることなく、民のために努めてまいります」

美しいカーテシーで締めると、ワッと拍手と歓声が上がった。

淑女の鑑、ローゼリアが、義妹マーガレットにはっきりと尊敬の意を唱えたのだ。

これでこの場にいる人間は、すべてが理解した。

マーガレット・フィベルト公爵令嬢には、ローゼリア・フィベルト公爵夫人という後ろ盾ができたと。

――まあ、今さらですけどね……うふふ。

「ローゼリア・フィベルト公爵夫人、国王陛下がお呼びでございます」

お目通りが終わった後、ローゼリアは宰相に呼ばれた。

「これはミネルバ宰相閣下、ご機嫌麗しく存じます。陛下の命、承りました」

本来、国王陛下との対面となれば正装をしなければならないのだが、火急のため、そのまま城内のきらびやかな客間で待たされた。

出された紅茶は甘ったるくローゼリアの好みではなかったが、ゆっくりと喉を潤した。

「フィベルト公爵夫人。待たせたな」

「ご機嫌麗しゅう、国王陛下。このような場にお招きいただき、誠に光栄に存じます」

きちんと礼をして、座れと指示されてから美しく腰かけて言葉を待つ。

「来てもらったのはほかでもない。わが息子、オズワルドとフィベルト家の令嬢、マーガレットについてだ。ローゼリア、お主はこの件についてどれほど理解しておる？」

「直答にて失礼致します。私が存じ上げておりますのは、オズワルド王太子殿下から婚約を破棄したいとマーガレット嬢に直接申し出があったということですが……相違はございますか？」

「そ、そうか……いやいや問題ない」

国王はあからさまにホッとした様子だった。

愚息の愚行を真っ先に指摘されると思っていたのだろう。

そして次の言葉を口にしようとベルナルドの唇がわずかに動いたのを確認し、傍目には発言を遮ったように見えないタイミングで、ローゼリアは悲しげに目を伏せて言葉を続ける。

「そして、夫のロベルト公爵閣下が独自に調べたところ、殿下がマーガレットの母君の形見のイヤリングを自ら踏みにじったという噂を耳に致しました。王太子殿下に対して、なんと不敬なことを申すのかと驚きましたわ」

「ぐっ……」

「しかし、マーガレットが以前見せてくれた形見のイヤリングが粉々になっておりましたので、私も殿下の名誉のため、真実を知らなくてはと頭を悩ませておりましたの」

「ぐふっ……」

「あのイヤリングは先々代フィベルト公爵夫人……ロベルト様の祖母にもあたるフローレン夫人からフィベルト家の長女に受け継がれてきた家宝とロベルト様から伺いました。フローレン様は先代国王アーベルト様の姉君、アーベルト様がフィベルト家に嫁ぐ姉のために自ら探しあてた宝のなかで、一番フローレン様に似合うものだと……これは国王としてではなく一人の弟として、嫁ぐ姉への贈り物だと渡された一品でございました。フィベルト家に証明書も保管しております。つまり、あのイヤリングはマーガレットの母君の形見というだけではなく、フィベルト家と王家を繋ぐ宝でもあったということでございます。それが砕けてしまったなんて……陛下ならびに王家の皆様へ、つつしんでお詫び申し上げます」

「ぐ、ぐはっ……！」

「聞いたところによると、あのイヤリングに使われている珊瑚はもう絶滅していて、装飾品になったものもほとんどが劣化して宝石としての価値を失っているとか。マーガレットに何度か見せてもらいましたが、本当に美しいものでしたわ。たしか希少価値がついて、粉々になった状態でも数億の値段がつくとか……イヤリングの状態で残っていたら、それこそ国が傾くほどの価値がついたと聞いていますわ。ああ、なんともったいない……」

「ぐふぉっ……!!」

――あらまあ、国王陛下が真っ青になって固まってしまわれました。私たちにとっては王家との絆とかイヤリングの真の価値はどうでもいいのですが……陛下にとってはそうは参りませんね？

先代国王が自らフィベルト家に贈った、世界に二つとないイヤリングを王太子が故意に踏みにじったなど、知らなかったでは済まされない話ですし……

――陛下、あわよくば私を味方につけて王太子とマーガレットの婚約を結びなおせないかとか考えてらっしゃったのはお見通しですのよ？

それは、今から十七年前のこと。

まだ四歳だったロベルトとローゼリアは、正式な婚約者となった。

「ご挨拶なさい、ロベルト」

「はい、母様。お初にお目にかかれて光栄にございます、ローゼリア様。ロベルトと申します。貴女のような美しい方を婚約者としてお迎えできることは、私の人生で最大の幸福となるでしょう」

幼いながらも、当時からまるでおとぎ話の王子様のように美しかったロベルトの姿に、周りの女性たちはため息をついた。

二人の婚約とローゼリアの誕生日を祝して、フィベルト家とドラニクス家の親しい間柄の者が集められ、ドラニクス家で開催されたガーデンパーティ。薔薇の咲き誇る中庭が、小さな婚約者たちによって一枚の美しい絵になろうとしていた。

しかし幼いローゼリアは「私も嬉しいです」と口にしただけで、ずっと不機嫌そうな表情だった。

そして挨拶が終わるとどこかへ隠れてしまい、パーティが終わるまで顔を見せることはなかった。

「母様、ローゼリア様は僕のお嫁さんになるのがいやなのでしょうか？」

「さあ、どうなのかしらね？　自分で聞いてご覧なさい」

パーティが終わり、帰る前にロベルトはローゼリアを探した。

どこにいるのか見当もつかないから、きっと時間がかかるだろうと思っていたが、ローゼリアは自分から飛び出してきた。

正しくは、飛び降りてきた。木の上から。

「貴方、何をモタモタしているの!?　早くお帰りなさい！　マリア様と早く、帰りなさい！」

「ローゼリア様、何を怒っているのですか？　私は何か失礼を致しましたか？」

「何もしていませんし、そもそも怒っていませんわ！　なのでご心配なく、早くお帰りになってくださいまし」

「で、でも……」

「早く帰らないと、私は貴方を嫌いになります！　マリア様と早く、お家に帰ってください！」

それが、ロベルトとローゼリアの出会いだった。

それからローゼリアはロベルトからのお茶会の誘いもすべて断り、返事には「マリア様と一緒にいてください。でないと嫌いになります」と書かれていた。

そして、半年間後。妹のマーガレットが生まれた。

ロベルトはまた断られるだろうと思いながらも、妹を見に来てほしいと手紙を書いた。

すると「喜んで伺います」と返事が届き、ローゼリアは大きな花束を抱えてフィベルト家を訪れた。

「ご出産おめでとうございます、マリア様……」

マリアは赤ん坊のマーガレットを抱いて出迎えた。

「よかった……よかった！　元気な赤ちゃん……よかった！」

マーガレットとマリアを見て、ローゼリアはボロボロと泣き崩れてしまった。

ロベルトは慌ててローゼリアを客間に案内し、お茶とお菓子を勧めた。

「ごめんなさい、ごめんなさいロベルト様。私、怖かったんです。また赤ちゃんが……赤ちゃんが……！」

泣きながら、ローゼリアは話し始めた。

ロベルトとローゼリアが初めて会ったあのパーティで、ローゼリアは自分の母親がマリアに「ご懐妊おめでとうございます」と言っているのを聞いたのだ。

ロベルトは「ご懐妊」という言葉の意味がわからず、マリアから妊娠したことを聞いたのは、パーティの一週間後だった。

しかし、ローゼリアは意味を知っていた。

ローゼリアの母親は一年前に子を授かったが、生まれてきた子どもが産声を上げることはなかった。

兄弟が生まれるのを、ずっと心待ちにしていたローゼリアはとても悲しかったし、いつも元気な母親が、毎日目を真っ赤にして自分のいないところで泣いているのにも気づいていた。

そして、お見舞いに来たご婦人たちの噂話を聞いてしまった。

「ローゼリア様はとてもお元気なお嬢様であらせられるわね」

「きっとローゼリア様が命を吸い取ってしまわれたのですわ」

ローゼリアはその言葉を信じてしまった。

――自分がお腹の子の命を吸い取ってしまったんだ。だから死んでしまった！

なら、マリア様の赤ちゃんの命も吸い取ってしまうかもしれない。そんなのはいやだ！

あの素敵なロベルト様にも、お美しいマリア様にも悲しんでほしくない！

ならば近づかなければいい。

赤ちゃんが生まれるまで、絶対にマリア様に近づかない。

ロベルト様には嫌われてしまうだろうけど、あんなに素敵な人ならきっと、赤ちゃんの命を吸い取ったりしないお嫁さんが見つかるはずだから。

「だから、あんなひどいことを言いました。きっと私は誰とも結婚なんてしてはならないのですわ。

ロベルト様は、ほかの方と婚約するべきです！」

ローゼリアがなぜそんなことを言うのか、ロベルトにはわからなかった。

初めて会った人に、こんなに心を砕くことのできる優しい女の子が、兄弟の命を奪うなんて馬鹿
馬鹿しい話だ。そんなこともわからないご婦人たちの頭は大丈夫なのかなと心配にはなったけど。

でもよかった、嫌われてなかった。

ロベルトはそれが本当に嬉しかった。

「ローゼリア様、私は貴女と結婚したいです」

「え……？　なぜですか？　私は……！」

ロベルトはハンカチを差し出した。

彼女の心に染みついた思い込みを拭い去る言葉も方法も、今のロベルトには思いつかない。

ローゼリアには兄弟が死んでしまったという事実があるのだ。

ご懐妊の意味も知らなかった無知な自分には、軽い言葉しか思いつかない。

「貴女を愛してしまいました。だから結婚してください。大好きです」

そう言って抱きしめることしか、その時のロベルトにはできなかった。

もっともっと勉強して、彼女の憂いをすべて取り除いてあげられる男になろう。

悪意だけの空っぽな言葉から守りたい、もうこんなつらい思いはさせない。

そのためならばなんでもできるような、不思議な力が湧いてくる。

幼いロベルトは、この優しい婚約者を守ると固く誓った。

それが、二人の始まりだった。

「シリウス、明日はリアと王都に行ってくるからね」

「ついに公国独立ですか？　ロベルト様」

「うん、そうだよ」

立ち上がり、きちんと礼をしてから発言したシリウスは、貴族らしい作法がなかなか様になってきた。

「いってらっしゃいませ！　あ、何日か泊まる予定はありますか？」

「残念、君がいるから日帰りだよ」

シリウスの頭をグリグリと小突く。

ロベルトとローゼリアは正装をして、フィベルト家の馬車に乗って王都へ向かった。

城の前で、ロベルトのエスコートで馬車から降りるローゼリア。

優雅な二人の姿は見る者を魅了した。

「国王陛下、お目通りいただき誠にありがとうございます」

「うむ」

謁見（えっけん）の間で、玉座に座る国王は心なしかやつれてきている。

「本日は、フィベルト家領土を公国として独立するにあたりまして、必要な署名をお持ち致しました」

領地を持つ貴族が独立国家を建国するための条件はいくつかある。

その一つが、領民の半数以上から賛成の署名を集めること。

従者から国王にどさりと渡された書類の山は、フィベルト公爵領民全員の署名だった。

「こちらは、同盟国の王族の方々からいただいた、署名と書状でございます」

それから、同盟国の王族による承認の署名を五名以上集めること。

通常、もし承認した独立国家が問題を起こせば署名した者が責任を問われるため、署名集めは困難を極める。集まったとしても妾や側室、その子どもなど、立場の弱い者のものがほとんどだ。

ロベルトから署名と書状を受け取った従者は一瞬竦み、国王は悲鳴を上げそうになった。

五名どころか、十数名もの名前がびっしりと書き込まれている。

しかもすべて国王や正妃、王太子や皇女など、同盟国の王家……それに各国の代表と、それと同等の発言力を持つ者の名がずらりと並んでいた。

この署名が、フィベルト公国への期待と信頼を物語っている。

「……確かに……拝領した。フィベルト公王、ロベルト殿ならびにローゼリア妃。お二人の幸運を祈る」

「ありがとうございます」

国王からの礼に、同じ礼を返す。これが謁見(えっけん)の間で行われる、独立申請の正式な作法である。

あっけなく、フィベルト公国創立の許可が正式に下りた。

この後、新聞や張り紙で公爵家の独立が国中に発表され、建国式が執り行われることとなる。

ここから国が大きく動く、嵐の前の静けさなのだ。

「建国式は、春頃となるだろうか？」

「ええ、陛下もぜひいらしてくださいませ」

「ははは……」

建国式には、署名をした王族を招くのが通例である。

国王は、春には腹痛と頭痛と高熱の予定をびっしり入れることに決めた。

「ロベルト様、春は政(まつりごと)も多いから陛下は多忙であらせられるかと」

「ああ、そうだねリア。気がつかずに申し訳ございません、陛下」

「いやいや、都合がつきさえすれば、ぜひとも行かせてもらおう」

「ええ、オズワルド殿下にも……」

「あれは忙しいからな！　絶対無理だな‼」

——あらあら、ぜひとも来ないでくださいと言いたかったのですが……すごくお暇そうなのでなんとか忙しくなさってくださいませ。

そしてフィベルト家に戻ると、使用人一同がそれはそれは嬉しそうに喜んだ。

「建国式は三ヶ月後の春。建国祭も開催して豪勢に挙げるから、みんな張り切って準備を頼むよ！」

「「かしこまりました、ロベルト様！」」

フィベルト家改め、フィベルト公国一同がやる気に満ちた。

マーガレットもはりきって、招待状をせっせと書いている。

百通以上にわたる招待状を、様々な国の言葉でしたため、一日で下書きを終えてからすぐにエリク草の畑を耕しに行ったため、アンナに「お休みになられてください！」と怒られたのだった。

第四章　お掃除は淑女の嗜(たしな)みでございます

「というわけでシリウス。君には三ヶ月で立派な紳士になってもらうよ」

帰宅したロベルトは笑顔でシリウスの部屋に訪れると、「私は公王なんだ。なので今までの妹に対する不敬を罰するからね」とシリウスの頭をげんこつでグリグリしながらそう言った。

「いたたたっ……!! ロ、ロベルト様！　何がどうなって、そうなるんですかっ!?」

私は公王、なんて前置きをされて、無抵抗でお仕置きをされるしかないシリウスだったが、突然期限付きで紳士になれという言葉には疑問を隠し切れなかった。

「いいかいシリウス、君の顔立ちはとても女性受けがいいんだ。あとは礼儀と気品を身につければ令嬢方が肉に群がる野犬のように食いつく。欲を言えばあの阿婆擦(あばず)れが食いつく餌になってくれると助かるから頑張って！」

温和なロベルトが阿婆擦(あばず)れ、と称するのは、あの男爵令嬢エンジェラである。

婚約破棄騒動の後、厳しく罰せられたのはもちろん王太子だけではなく、エンジェラや彼らの取り巻きも同様だった。

　エンジェラの両親は騒動を聞きつけ、自ら彼女を修道院に送ったという。それは、事実上の絶縁を意味する。彼女の両親も事態を重く受け止めたのだろう。あの騒動以前にも、エンジェラがいくつも問題を抱えていたであろうことは容易に想像できた。

　既に取り返しのつかないことをしでかして、きつい仕置きを受けたエンジェラ嬢だったが、どうもまだ懲りていないようなのである。

　しばらくは独立の忙しさから存在さえ忘れ去っていたが、時折屋敷へ物を売りにやってくるおしゃべり好きな商人によると、最近はすっかりオズワルド王太子を見限り、代わりに……というように、若き公王であるロベルトの名前をうっとりと口にする姿が目撃されているのだという。

　ロベルトに愛する妻がいて、側妃をとる予定など微塵もないということは、彼女には些末事でしかないだろう。

「その野犬が食いついてきたらどうすればいいんですか？」

「ありのままを告げてあげて？　ボッコボコに」

　暗に、手ひどく振ってやれ、とやはり笑顔でロベルトは言った。

　心からローゼリアを愛する彼は、自分に下心に満ちた好意が向けられていることよりも、愛を口にする矛先をくるくると変えるエンジェラの不誠実さが何よりも癪に障っていたのだ。

　同じくらい大切な妹、マーガレットに対する仕打ちを思っても、甘やかな花のようなロベルトのかんばせに、青筋が浮かぶ。

「ボ、ボコボコって！　マーガレット……様に、女性を虐げるいやな男だと嫌われたらどうするんですか」

「それは君の人徳が足りなかったってことだよ。そこも含めて頑張って？　……それに、君はなんだか、マーガレットをいたく気に入ってくれているみたいだよね？　『お友達』として」

思わず「将来は結婚すると決めているくらい!!」と言おうとしたシリウスだったが、氷の微笑みとともに霰のような殺気をぶつけられ「はい、とても」と返すに留めた。

「この先、マーガレットと並んでも遜色ないような紳士になるってことは、君にとっても必要なことだと思うよ？　可愛いマーガレットとも・っ・と・仲のいいお友達になりたいならね」

「っ！」

ロベルトにとって不服ではあったが、意志の強いシリウスにとって得のない命令は悪手だろう。シリウス自身の能力や異世界の知識を活かすには、彼の意欲も大きな鍵になる。

——実際、大切なマーガレットの婿に……なんて口にするからには、相応の男になってもらわないとね。

こうして、見事燃えるような熱意を持ったシリウスには、これでもかと家庭教師がつくことになった。

マーガレットにふさわしい紳士を目指して、慣れない猛勉強になんとか食らいついている。

フィベルト公国の国立学園。

ローゼリアは完成したばかりの学園の管理業務に忙しい。

先の騒動の慰謝料としてミーマニ王国から譲渡された土地に設立された、身分国籍問わず、様々な学問を学べる学園だ。

ミーマニ王国の王立貴族学園と違い、十二歳未満の子どもが無料で入れる、文字の読み書きと簡単な計算を教える児童学部も創設した。

教科書はすべての学部で無料配布、筆記用具を学園内にて格安で販売など、公妃ローゼリアの新たな試みが詰まった学園はあっという間に生徒でいっぱいになり、かつてマーガレットの同級生であったメアリとスカーレットも編入してきた。

もちろんマーガレットも編入し、久しぶりの学園生活を楽しんでいる。

「お久しぶりですわ、マーガレット公女殿下。再び同じ学び舎でお会いできて光栄にございます」

「マーガレット公女殿下！　お元気そうで何よりでございまする！　このスカーレット、再びお会いできる日を心待ちにしておりました!!」

「メアリ、スカーレット。……公女殿下はまだ慣れないわね。私もまた一緒に学園に通えて嬉しいわ。二人は大切なお友達だもの」

二人は感激のあまり泣きそうになった。

メアリ一家とポッド男爵家、バード男爵家はフィベルト公国へ加盟した。

薬師であるメアリ一家は公国領内の新たな診療所の専属医を、バード男爵家の騎士たちは領地内の巡回を任されることとなった。

ちなみにスカーレットの持ち場は、本人の強い希望で拡大したエリク草の畑周辺に決まった。

フィベルト公国は順調に国土を広げている。

ローゼリアは公妃として愛馬のシュナイダーに跨り、公国内を見回るのが日課になった。

初めこそ自ら馬に乗り国内を駆けるローゼリアの姿は驚かれたが、今ではすれ違う人々が手を振ってくれる。

気持ちのいい風を受けて国境近くまで来ると、この辺りはミーマニ王国とフィベルト公国の土地が入り交じった区域になる。特に問題が起きやすい場所のため、念入りに巡らなくてはならない。

「まあ、ローゼリア様！」

ちょうど国境にまたがった街道で、発情期の雌鳥のような声が馴れ馴れしくローゼリアを呼び止めた。が、こんな耳障りな友人はいない。

「これはエンジェラ・ルーバー様、お初にお目にかかりますわ」

釘を刺すようによく通る声で言うと、周りからクスクスと笑いが起きた。

会ったこともない公妃に対して、友人のように気安く声をかける恥知らずがいる、と。

男爵家を離れ、修道女に身をやつしているはずのエンジェラが、なぜか派手なドレスに身を包んで現れた。ローゼリアは訝しく思うが、エンジェラはそれを気にも留めない様子で話し続けた。

「ローゼリア様、今日はロベルト様はご一緒ではなくて？」

「ロベルト様はご公務でお忙しいのです」

「まあ！　ロベルト様はお仕事をしているのに、貴女は遊び回っているなんて！」

——頭大丈夫かしら？　この子。なぜかキッと睨みつけられたのだけど……

「おかわいそうなロベルト様！　こんなひどい女と、愛のない結婚を強いられるなんて……」

あまりにも無礼なエンジェラの喚き声に、街道の人々がざわつきだす。

ロベルトとローゼリアの仲睦まじい姿は国内だけではなく、他国でも姿絵になるほど有名だ。

そんな二人に『愛のない結婚を強いられた』などと喚くエンジェラに、周囲の人々は侮蔑とともに気味の悪い虫でも見るような視線を向ける。

けれどエンジェラを窘めようにも公妃の会話に割って入れる者はおらず、周囲からは苛立ちすら伝わってきた。

ここはミーマニ王国との国境付近だ。公妃であるローゼリアが、「元」下位貴族の修道女に公衆の面前で侮辱されたにもかかわらず、やんわりと収めてしまえば、まだ独立国家となって間もない公国を侮る者も出てくるだろう。

ローゼリアは大きくため息をつくと、シュナイダーから降りてエンジェラを見据えた。

「口を慎みなさい。挨拶も名乗りもなく、初対面の人間を一方的に侮辱するなんて無作法という言葉でも足りないわ。なんて恥ずかしい人かしら」

静かに、しかし強く非難すると、エンジェラは大仰に青ざめた。

ローゼリアの冷たい声色に、周囲の人々も凍りついたように固まっている。

「ひ、ひどい……私がもう貴族じゃないからって……」

エンジェラは顔を覆いうずくまって、わざとらしく肩を震わせた。

「私は貴女自身を無礼だと言っているのよ、エンジェラ嬢。初対面の人間にはまず挨拶をするなんて、平民の子どもでも弁えているマナーでしょう。しかもこんなに人のいる場所で、大声で人を罵るなど、マナー以前の問題だわ。そんな貴女を恥ずかしい人、と呼ぶのは何か間違っていて？」

周囲の人々から囁くような笑い声が上がる。

エンジェラは勢いよく立ち上がると、真っ赤な顔を鬼のように歪ませて睨んできた。

ローゼリアは泣いていたはずの彼女の目元に一滴も涙が浮かんでいないのを冷ややかに眺める。

「黙って聞いていれば！　やっぱり貴女、ひどい悪女ね！　ロベルト様にふさわしくないわ！」

「それを決めるのはロベルト様よ。とても聡明な方だもの、自分の隣に座るべき人は誰かをきちんとわかっていらっしゃるわ。どうかご心配なく」

エンジェラはキーっと奇声を上げながら地団太を踏み、口にするのも憚られるような罵詈雑言を吐き散らかしながら逃げていった。

周囲の人々からはローゼリアへの称賛の声が上がり、羨望の眼差しを向けられた。

——ああ、疲れた。


帰宅し、ロベルトに視察の報告とともにエンジェラとの出来事を伝えると、ロベルトは珍しく真っ青になり、口元を押さえた。

「ひどい災難だったね……」

「ロベルト様、大丈夫ですか？」

「あんまり……あの女狐に自分が狙われているかと思うと吐き気がするよ」

ロベルトは女性に対して常に優しい。

長い付き合いのローゼリアでさえも、今まで彼が阿婆擦れとか女狐とかいう言葉を使うのを聞いたことはなかった。

もはや、ロベルトにとってエンジェラは人ですらないらしい。

確かに、マーガレットを虐げ婚約者を奪っておきながら、その兄である自分に取り入ろうとする彼女はもはや恐ろしい。

「私も疲れましたわ。そばにいたシュナイダーもぐったりして、かわいそうに」

「ちょっと休憩しようか」

呼び鈴を鳴らすと、アンナが入ってきた。

「マーガレットは今日、休みだろう？　お茶をしないか聞いてくれないかい？」

「マーガレット様でしたら、ローゼリア様がお帰りになられた時、お二人にお茶とお菓子を持っていくと準備をしていらっしゃいました。ですので、私はマーガレット様の分のお茶をご用意致します」

「「さすがはアンナ!!」」

「お兄様、お義姉様、ご公務お疲れ様です。お義姉様がいつも視察してくださって、みんなとても感謝しておりましたわ。お茶をお淹れ致しましたので、よろしければ召し上がってくださいまし」

アンナの言葉通り、二人分のお茶を持ってマーガレットがやってきた。

「ありがとうマーガレット。君も一緒にお茶にしよう」

「ええ。お茶を一番おいしくするのは、楽しいおしゃべりだもの」

「では、お言葉に甘えてご一緒させていただきますわ」

マーガレットが淹れてくれたのはハーブティー。

愛らしい茶器に注がれたそれを美しい所作で並べてくれる。

「あら、私とロベルト様で、使ってるハーブが違うのね」

「はい、お義姉様。メアリにいろいろ教えていただきましたの。お義姉様は視察で疲れてらっしゃると思いまして、緊張をほぐしてリラックスさせるものと、体を温めるものを使いました。お兄様はこの後もご公務でしょう？　リラックスさせるハーブは眠気を誘いますからお兄様のお茶には使わず、頭をスッキリさせるものに致しましたの」

ハーブティーは雑味がなく、まろやかでとてもおいしい。

「バナナとナッツのパウンドケーキもどうぞ。お二人とも、お昼を軽食で済ませておられましたから、お腹に溜まって栄養があるものをご用意したのです。私にお手伝いできることがあったら、おっしゃってくださいね」

そう言って笑うマーガレットの姿は、天使のようだった。

「……というわけで、三人でとても楽しいお茶会でしたわ」

「またやりたいね、三人で」

「ずるい！　ひどい！　なんでわざわざ俺に言いに来るんですか!?」

休みなく机にかじりつき、単語の書き取りに悪戦苦闘しているシリウスが悔しそうに睨んでくる。

「シリウス、君に自慢するまでがワンセットなんだよ」

「あースッキリしましたわ」

「速攻でこれ終わらせて俺もマーガレット……様とお茶してやる!!」

シリウスの士気向上にもなって一石二鳥と思いきや、この後に二人きりで焼きたてのアップルパイを食べたと自慢し返されたので、またリラックスが必要になったフィベルト夫妻であった。

エンジェラと遭遇した翌日、公国に急ぎの手紙が届けられた。
そのさらに翌日、屋敷に招かれたのは手紙の送り主、ルーバー男爵夫妻である。
同席するのはロベルトとローゼリア、それからシリウス。マーガレットはエリク草畑で働くマダムたちからキルト作りに誘われて、今は外出している。
シリウスが手のひらほどの大きさの機械をいじると、エンジェラの耳障りな声で長い独り言が流れた。勇者の知識で作られた、声を記録する機械なのだという。

ルーバー夫妻は泣きながら頭を下げる。

「娘が本当に申し訳ございません！　ローゼリア公妃殿下への暴言……面目次第もございません！」

「娘に代わりお詫び申し上げます！　私たちはどのような罰も受ける所存でございます」

エンジェラは、現在は修道院での規則に従って生活をしているはずだ。

しかし、声をかけてきた彼女は自由に出歩き、修道院では許されないであろう派手なドレス姿だった。

不審に思ったローゼリアが、ルーバー夫妻に知らせようとしたところ、先に彼らから手紙が届いたのだ。


一週間前、エンジェラはルーバー男爵家に戻ってきた。

夫妻は慌てて何があったのか聞き出そうとしたが、エンジェラは聞く耳を持たずに男爵家の金庫から金を盗み出して逃げ出してしまった。

そこから行方がわからなくなり、ミーマニ国王に助けを求めるも手がかりは掴めず、フィベルト公国にも手紙を出したのだ。

ロベルトが調べたところ、どうやらエンジェラは取り巻きの男子たちの別荘を転々としているようだ。

事件の後ルーバー夫妻が彼女を修道院に送る馬車を手配するまで、自室で三日ほど謹慎させたらしいのだが、なんとその間に王太子や彼女を慕う男子たちに手紙を送っていたらしい。

手紙は男爵家によく出入りしていた商人の息子がエンジェラに篭絡され、こっそり配達人のもとへ運ばれた。そして修道院からの迎えの馬車を王太子があらかじめすり替えていたという。

それからは「両親に売られたかわいそうなエンジェラを救おう」と一致団結した王太子と愉快な仲間たちが、使っていない別荘に彼女を匿った。

その上、彼らから金を受け取り豪遊し、さらに欲が膨らんだのか実家に戻り金を盗んだということだ。

「あの子は、私たちが結婚して六年かけてやっと授かった子なのです。だからもう可愛くて可愛くて……お前は天使だ、特別な子だと言い聞かせて……婚約者に選んだ子爵令息も誠実で穏やかな方だったんです。あの子が温かい家庭を築けるようにと……」

「修道院に送りましたが、縁は切っても心の中ではいつまでも可愛い娘だと思っておりました。それなのに、あの子……私たちに、『あなたたちは本当の親じゃない』などと……！」

わんわんと泣きじゃくる夫妻に、ローゼリアはハンカチを差し出す。

「失礼ですが、心当たりは……」

ルーバー夫妻は泣きながら語り始めた。

まだエンジェラが幼い頃、ルーバー家の周辺では裕福な家庭の娘が誘拐される事件が多発していた。見目麗しい男をターゲットの娘に近づかせ、こう語るのだ。

「ああ、こんなところで会えるなんて!!　君は赤ん坊の時に攫われた私の娘だよ!!」

そうして誘拐犯はこんな姿だったと、あらかじめ調べておいた娘の両親の容姿や特徴を挙げ、自分は隣国の貴族であり、君は本当はやんごとなき家の子どもなのだと嘘を並べる。

娘たちから親への信頼を奪い、自分たちに心酔させて攫うという方法は非常に悪質で、何よりたちが悪いのは、救い出された後も親を信じられない子どもたちが何人もいたことだ。

エンジェラもその一人で、その事件があってから両親を目の敵にするようになったのだという。

両親だけでなく、親戚や憲兵なども繰り返し説明したが、誘拐犯にすっかり心酔したエンジェラはまったく耳を貸さず、今でも自分は誘拐されたどこかの国のお姫様なのだと信じているのだ。

夫人は心労からかやつれているが、顔立ちはエンジェラにとてもよく似ている。

エンジェラの瞳と髪の色は男爵とまったく同じで、血の繋がりがはっきりとわかる。

残念ながら、両親の謙虚な心は爪先ほども似なかったようだが。

思っていた以上に悲惨な話に、シリウスは気まずそうに機械をいじりながらチラリとフィベルト夫妻を見て、確信した。

この後、リンゴ買いに走らされるんだろうなぁ、と。

……その後潰されジュースになったリンゴは、キルト作りに精を出すマダムたちへの差し入れとなるのだった。

「フィベルト公王陛下、このような愚行を犯しておきながら見苦しいとは存じますが……どうか、フィベルト公国に私たちの領地と屋敷を含む財産をお納めいただきたいのです。我々は男爵位をミーマニ王国に返上し、そのまま平民として生きてまいります」

深々と頭を下げたルーバー男爵が取り出したのは、フィベルト公国への移住を承諾する領民からの署名と、屋敷の所有権に金庫の鍵。

「娘……いえ、エンジェラがマーガレット公女殿下に無礼を働いた時から、準備を進めておりました」

「私たちには男児もおりませんし、血縁者に男爵を継げる者もいません。本来ならば、養子をもらって家督を継がせるべきなのでしょうが……」

二人は苦い顔でうつむいた。

エンジェラがあのように育ってしまい、夫妻は子どもを育てる自信を失ってしまったという。

貴族にとって、子どもを育てる自信がないから爵位を他人に譲るなど許されることではない。

しかし今から爵位を継ぐ養子を育てるとなると、時間も資金もかかりすぎる。

もはやルーバー男爵の財産では困難なのだ。

それに署名が集まったということは、すでに彼らが領主としての信頼を失っているということである。

修道院に送った娘が勝手に戻ってきた時、言い分を聞こうとしてしまったことが間違いであった。

本来ならば、決して耳を傾けず、ただちに罪人として捕えなくてはならない。

それをしなかった、できなかったことで、彼らはいまだに娘への想いが断ち切れていなかったことが、領民に伝わってしまった。彼らが娘に絆(ほだ)されて、屋敷に匿いでもしたら男爵の身分剥奪は免れない。

そうなれば最も被害を受けるのは、領民の生活なのだ。

「妻と相談して決めたことです。もはや恥は晒し尽くしました！　ならばどんなに惨めで愚かでも、民を飢えさせることだけは避けたいのです！」

「それに、私たちに爵位がある限りあの子はその地位を利用しようとするでしょう。領民の血税に手をかけさせるわけには参りません！　私たちの力ではもうこんなことしか……どうかお納めください！　公王陛下!!」

ローゼリアは頭を下げる夫妻を見つめた。

彼らはおそらく、エンジェラが助けを求めてきたらそれを断れない。

エンジェラにどれだけ罵(ののし)られようとも、夫妻にとってはかけがえのない可愛い娘。

それを自覚しているからこそ、爵位を捨てて身を隠そうとしているのだ。

親を親とも思わない娘への情を断ち切れないために、自分たちの財産を捨てて身を隠すお人好しな両親。

理不尽な話だ。

「あの、ロベルト様にローゼリア様」

シリウスが二人にこっそり耳打ちする。

何か策を考えたらしい。

「ルーバー男爵、お話はよくわかりました。私から一つ案があるのですが、聞いていただけませんか？　もちろん、判断はお二人に任せます」

ロベルトの言葉に、夫妻は驚きつつも頷いた。

「このシリウスを、ルーバー家の養子にするのはいかがでしょう」

「えっ、な、なんですって……!?」

目を剥く夫妻に、シリウスは他国からの移民であり、とある理由からフィベルト家で教育を受けている、と説明した。

「そして僕はこの地で幸運にもマーガレット公女殿下に救われ、彼女に生涯の忠誠を誓い、今日までロベルト公王陛下のもとで学んで参りました。陛下をはじめ、フィベルト公国の皆様には大恩がございます」

キリッとした表情でスラスラと語るシリウスは、なかなか様になっている。

ローゼリアがルーバー夫妻を見ると、二人ともシリウスに見惚れていた。

まだまだ紳士とは呼べないが、連日の猛勉強は確実に実をつけているようである。

「そうですか……シリウス君が素晴らしいお父上に出会えて本当によかった」

「きっと神の御許で、立派に成長されていることをお喜びになっていることでしょう」

二人はすっかり話を信じてくれた。

「彼ならば、エンジェラ嬢に絆(ほだ)される心配はございません。それにルーバー男爵、領民へのご配慮は素晴らしいものですが……あえて残酷な言い方をしましょう。領主であるご夫妻が去れば、エンジェラ嬢はこう思うのでは？　パパとママがいないなら、やりたい放題ね、と」

「「!?」」

夫妻は真っ青になり固まった。

もはやエンジェラにとって、両親がいるかいないかは大した問題ではない。むしろ「私は次期王妃なんだから役立てることを光栄に思いなさい！」と、平気で領民から金を奪うなどするだろう、確実に。

ならば男爵夫妻が退くよりも、そのまま残りシリウスを養子として置く。

そうすれば、彼女は真っ先に取り入ろうとするだろう。

自分に靡(なび)かない男はいないと信じている彼女の妄執を利用してやるのだ。

「お二人が自分たちよりも領民の生活を守りたいとおっしゃるのなら、私はなおのこと領主としてこのまま残るべきだと思います。ルーバー男爵家の主として、成すべきことはまだある。そのために託しましょう、シリウスを」

ルーバー夫妻はその場に膝をつく。

「公王陛下の御慈悲に感謝致します」

「必ずや、ご期待に添える働きを」

そして、正式な王への礼を捧げた。

「我ら、ルーバー男爵家はフィベルト家に忠誠を誓います」

「公王陛下の御心のままに」

こうして、シリウスは男爵令息シリウス・ルーバーとなった。

ルーバー男爵家に養子に入ることになり、正式な手続きを済ませたシリウスは、いよいよ明日、ルーバー家へ向かう。

夕食も終えて、久しぶりの家族団欒（おまけ付き《シリウス》）の時間となった。

「そうだわ、シリウス。貴方にプレゼントがあるのよ。男爵に見初められたのだから、記念にね」

ローゼリアはドラニクス侯爵家の蝋印が押された封筒を差し出した。

「ありがとうございます、ローゼリア様。これは……手紙ですか？」

「ええ、それを持ってドラニクス家の馬舎へ行けば、好きな馬をどれでも一頭もらえるから、きちんとお世話しなさいね」

「いいんですか⁉　ありがとうございます‼」

紳士となるための勉強の一環で乗馬を習ったので、シリウスも馬に乗れるようになったのだ。

「僕からもプレゼントだよ。はい、どうぞ」

ロベルトが渡したのは、箱に収まった品のいいタイピン。

琥珀がはめ込まれ、細工も凝っている。

「わ……もらっていいんですか？　高そうじゃないですか」

「もちろんさ。アンティークだけど、それほど高価なものではないよ。なんでも、平民から男爵に見初められて伯爵位まで上り詰めた実業家の持ち物だったそうだ。彼のアクセサリーは出世する家族へのプレゼントとして人気なんだよ」

自分の遺産を、自らの偉業とともに売りさばくよう遺書にしたためる貴族は多い。

ロベルトの気持ちが、シリウスは嬉しかった。

「ありがとうございます、ロベルト様。私も伯爵位になれるよう、精進致します」

「うん、応援しているよ。ちなみにその実業家は初恋に破れて生涯独身だったけど、とても慈愛に満ちた方で、孤児院の環境改善に晩年まで尽力したそうだ。君もかの御方の意志を継いで頑張りなさい」

「その情報いらなくないですか!?　もらいますけど、かの御方は超えさせてもらいますからね！」

なんだかんだ言いながらも、大事そうにタイピンと封筒をしっかりと手にする。

育ての親を亡くしてから、誰かにプレゼントをもらうのは本当に久しぶりのことだった。

「マーガレット様、お渡しにならないのですか？」

「ア、アンナ！　もうっ！」

ソファに腰かけていたマーガレットが、真っ赤になる。

「マーガレット様もお祝いしてくださるんですか？」

「うん……でも、お兄様とお義姉（ねえ）様がとても素敵なものだったから……私のは、そんなにすごいものじゃないし……」

真っ赤になってもじもじしているマーガレットだったが、シリウスのキラキラした眼差しに根負けして、背中に隠していたプレゼントを差し出した。

「ぬいぐるみですか？　可愛いですね！」

「私が作ったんだけど……シリウスを守ってくれるように、心を込めて作ったの」

それは可愛らしい犬のぬいぐるみだった。しっかり四本の足で立ち、とてもふわふわしている。

エリク草の畑を毎日守ってくれている番犬たちを観察し、作ったものだ。

「ありがとうございます！　とても嬉しいです！」

「本当……？　よかった」

ふわりと微笑むマーガレットに、シリウスはぬいぐるみを抱きしめた。

「名前をつけようかな。マディスなんてどうでしょう？」

「まあ、可愛い名前ね」

「毎日抱いて寝ますよ」

シリウスはロベルトにニコッと微笑んで、見せつけるようにマディスを抱きしめた。

「ロベルト様、あのタイピンは本当に出世のお守りでしょう？　素直にお祝いすればよろしいではないですか」

「リア、男には引けない戦いがあるんだよ」

——まあ、男性も大変ねぇ。


シリウスは、ドラニクス侯爵家の馬車でルーバー家まで送られることになった。フィベルト家の馬車では目立ちすぎて、ルーバー夫妻に迷惑をかける可能性があるからだ。

馬車のなかにはシリウスと付き添いのローゼリア、そしてドラニクス家の見習い執事、ミカエルが乗っている。

「お初にお目にかかります、シリウス坊っちゃま。私が本日より貴方様のお世話を担当致します、ミカエルと申します。未熟者ではございますが精一杯、坊っちゃまをお支えする所存にございますゆえ、何卒よろしくお願い申し上げます」

「こちらこそよろしく、ミカエル。ところで……えっと……」

シリウスはミカエルをじっと見て口ごもる。

スッキリと切りそろえられた、絹糸のような白銀の髪、陶器のような白い肌に真っ赤な瞳。

自分の黒髪黒目を目立たなくするために、ローゼリアが配慮してくれたのだろうことは、なんとなくわかった。

しかし、男なのか、女なのか……燕尾服を着ているし、執事なら普通は男だ。

女性だとシリウスの世話係として不便なことも多いだろうから、やっぱり男性だろう。

だが美しく整った顔立ちと、綺麗な甘い声がその思考を惑わす。

身長はローゼリアと同じくらいで、スレンダーでしなやかな体つき。

人形のように整った顔立ちに、髪や瞳の色が謎めいた美しさを添えている。

理屈では多分男。

見た目はすごく綺麗な女性。

しかし、貴方は男で間違いないですか？　とは、合っていても間違っていても気まずい質問だ。

どうしたものか……

「シリウス、ミカエルは男の子よ」

「ローゼリア様、俺が悩んでるの楽しんでましたよね⁉　ちょっとクスクス笑ってるの聞こえてたんですから！」

「まあ、女性の笑い声を盗み聞きするのは感心しなくてよ？」

ローゼリアは扇子の下でほほほ、とわざと声を出して笑う。

「人が悩んでるのを眺めて笑うのだって、悪趣味じゃないですか！」

「まあ、口が回るようになって可愛くなくなったわね」

「ロベルト様と、二人でたっぷり可愛がってもらいましたからね」

にかっと微笑むシリウスの笑顔は、フィベルト家に来たばかりの頃によく見たものだ。

歯を見せる悪戯っぽい笑顔は、品がないから控えなさいと何度も教えた。

でも、わざとこの笑顔を見せる時がある。

――本当に、知恵がついたわね。

「お話中に失礼致します、ローゼリア様、シリウス坊っちゃま」

「あ、ごめんなミカエル。えっと……その……」

「気にしておりません。むしろ、この外見は便利なので、あえて髪型や筋肉のつき方を中性的にして、声色もボイストレーニングで鍛えておりますので、その成果を実感できて光栄にございます。しかし、これから男爵家の跡継ぎとなられるならば、この程度のことで使用人に質問をためらう必要はございません。坊っちゃまの生い立ちについてはローゼリア様から詳しく伺っております。坊っちゃまがマーガレット公女殿下をお慕いしていることも存じ上げております。ならばこのミカエル、坊っちゃまを何としてでも一人前の紳士として鍛え上げてご覧に入れましょう。坊っちゃまにはまだまだ学んでいただくことがたくさんあるようですので」

一気に捲し立てるとミカエルは、やる気に満ちた眼差しをシリウスに向けた。

「ミカエルったら。あまりやりすぎないようにね？」

「かしこまりましてございます、ローゼリア様。しかし、ここまで粗が目立ちながら伸び代のある主のお世話をさせていただけるなど、執事見習いとしてこの上ない幸せにございますゆえ、御容赦いただきたく存じます」

ルーバー家に行っても、シリウスが振り回される日々は続きそうであった。

フィベルト公国の麗らかな朝、ローゼリアは愛馬シュナイダーに跨り、日課である公国内の視察に回っていた。

「今年の畑はどうかしら？」

「へぃ、今年は麦の育ちがよくて、秋には豊作になりそうでさぁ」

「去年は雨が少なくて不作だったもんで、備蓄が空になっちまって。今年も不作だったら首でも括るっきゃねぇなぁなんつってみんなで話してたんでさぁ」

「オラなんか、首括る縄まで用意しちまっただぁ」

ガッハッハと笑いながら語る農民たちに、ローゼリアは一緒に笑うべきなのか迷って、にっこりと微笑むに留めておいた。

ポクポクと心地のいい蹄の音が響く。

街のなかに入ると、店が立ち並び地面には煉瓦が敷かれている。

馬留め所にシュナイダーを預けると、ローゼリアは乗馬用のスキニー姿で街を歩く。

公妃直々の視察に街の人々もだいぶ慣れたもので、店先の女性が「公妃様！　なんか買ってかないかい!?」と声をかけてくるほどだ。

「あら、いい匂いね」

「焼きたてのスコーンですよ！　どうぞ持ってってくださいな！」

店の前に並べられている美しい焼き目のスコーンは甘い小麦の匂いを漂わせ、女性の声に合わせて客を招いているようだ。

「こんなおいしそうなスコーンを無料でもらうわけにはいかないわ。二つちょうだい、割引は結構よ」

恐縮する女性にピッタリ代金分の銅貨を押しつけると、スコーンを二つ手に取りその場を立ち去る。

かじるとサクっと生地が崩れて、口いっぱいに小麦の香りが広がる。

二つとも綺麗にお腹に収めると、手のひらに付いた欠片を舐めとり服にこぼれたカスをパタパタと払った。

「ふふっ、ロベルト様に怒られちゃうわね」

以前、一緒に街を歩いている時に同じことをして「貴族らしい威厳は保ってもらわないと困るよ。君は公妃でもあるんだからね」とこっぴどく説教されたのだ。

ここは路地裏で、周りに人目はない。

ローゼリアは幼い頃から人目をかいくぐり、こっそりとお行儀を崩すことに関しては、誰にも負けない自信があった。

そう得意がるとまた違う説教が飛んでくるため、ローゼリアも次第に話さなくなったが……

それはさておき、スコーンを食べてご満悦のローゼリアの耳に、わずかに騒音が引っかかった。

何かがぶつかって壊れる音だ。

がらがら、と物が崩れ落ちる音に、カシャンパリン、というガラスが割れるような音。

自然とローゼリアの足は、その音のほうに向かっていた。

建物の間から、男の怒声が響いてくる。

聞き取れる言葉はわずかだ。

「……お前のせいだ!!」

そんなことを馬鹿のように繰り返していた声の主は、どうやら別の道から立ち去ったようで、幸か不幸かローゼリアとは鉢合わせることはなかった。

迷路のように入り組んだ路地を進んでいくと、崩れた木箱の山と、そのなかに倒れ込み泣きじゃくる若い娘を見つけた。

「そこの貴女！　大丈夫？　怪我は？」

「っ……！　公妃殿下⁉」

顔を上げると、娘は慌てて立ち上がり、ふらつきながらも礼をする。

「お見苦しい姿をお見せして、大変申し訳ございません。公妃殿下にお目にかかれるとは、誠に光栄で……」

ローゼリアが手で口上を制し、その場の木箱に座らせると優しく微笑んだ。

「足が震えていてよ。挨拶は構わないから、ゆっくり深呼吸して気持ちを落ち着かせなさい。これは公妃の命令よ」

その言葉に安心したのか、娘ははらはらと泣き始める。

ローゼリアが宥めながら先ほどの怒鳴り声について尋ねると、彼女はポツポツと語り出した。

娘はこの街に屋敷を持つ伯爵家の令嬢で、シーナという。

怒鳴り声の男は、シーナの婚約者で同じく伯爵家の嫡男(ちゃくなん)、アローン。

二人の家は両親の仲がよく、それぞれ子どもが生まれたら結婚させようと学生時代から話していた。

そして同じ年にそれぞれの家に男女が生まれ、両親は大喜びでその日のうちに二人の婚約を決めた。

幼い頃は兄妹のように遊んだ二人だったが、年を重ねるにつれてアローンはシーナと距離を置くようになっていったようだ。

「どうせお前とは結婚するんだから」というのがアローンの口癖で、パーティでもエスコートとファーストダンスだけさっさと済ませると、自分は友人たちと遊び、シーナは壁の花になるのがいつものことだったという。

シーナはアローンのことを兄弟のように慕っていたが、そんな扱いが続けば気持ちも冷めていく。

二人は書面上のみの婚約者となり、お互いに義理を果たしながら婚姻を待つだけの味気ない日々を過ごした。

「しかし、私はそれを不幸と思ったことはありません。むしろ、燃えるような恋をして苦しい思いをする前に心が冷えてしまってよかったと思いますわ。お友達もたくさんいて、両親も私を可愛がってくださいますから。夫となる方に愛される以外にも、幸せを感じる手段があると気づくことができてよかったと思っております」

そしてシーナは領地で暮らしながら花嫁修業をし、アローンは学園に通ってほかの貴族との交流を深めることとなった。

しかしそんなある日、シーナの両親に、アローンの両親から抗議状が届いた。

そこには『娘に自重を覚えさせたらどうか』という旨が書かれており、息子がシーナとの交際費を使い込んで困っているという内容だった。

学園に入ってからアローンは、シーナ宛の贈り物という名目でドレスや髪飾り、アクセサリーを大量に買い込むようになった。両親も初めはシーナとの交際を面倒がっていた息子がようやく大人になってくれたと喜んでいたが、次第にせがまれる額がかさむようになってきたことで、シーナが無理なねだり方をしているのではないかと疑ったのだという。

しかし、シーナは贈り物など受け取っておらず、シーナの両親もそう返事をした。

そして、どうしても疑うのなら自宅に呼んで話し合おうということになり、婚約者の両親が交際費の明細書を持ってシーナの家にやってきた。

そして両家の立ち合いのもと確認を行うと、仕立て屋で作られたドレスの型紙が、シーナの体型とはまったく違うこと、宝石店で誕生日のプレゼントという名目で購入されたネックレスの石が、シーナの誕生石ではなかったことがわかった。極めつけに、〝美しいエンジェラに真実の愛を捧げる　アローン〟と刻印された髪飾りを購入していたことまで明らかになったのだ。

「彼は、私へのプレゼントと偽って、学園で出会った女性に贈り物をしていたんです」

とてつもなく不吉な名前が聞こえた気がしたが、ローゼリアは黙って続きを促した。

二人の両親は、そろってアローンを問い詰めた。

彼は「刻印の綴りを書き間違えた」と苦しすぎる言い訳をしたが、結局自棄(やけ)になって白状した。

「その女性は、すでにほかの男性と結ばれたそうで……私たちの両親は、一線を越えていないなら火遊びとして許してやろうと思っていたそうです」

ローゼリアから言わせれば、自分の婚約者への贈り物と偽り浮気相手に貢いでいた男など、最低でも五発は殴り飛ばしてしまえと思うが、政略結婚を控えてあまり波風を立てたくはないのだろう。

しかし、話はそこで終わりではなかった。

互いの両親からの追及から逃れた後、アローンはシーナだけを呼び出した。

「金を借りたい。構わないだろう？」

「どういうことでしょうか？」

アローンは、両親から与えられる交際費だけでは満足な貢ぎ物ができないからと、賭け事に手を出していた。学園の友人から教えてもらった賭場に入り浸り、貢ぎ物の資金にしていたが、最近になって賭けに負け、続け借金ができてしまったのだという。

「本当は、勉強資金だと言って両親に借りる予定だったんだ。君の両親からも、新婚旅行の下見に行くと言えばいくらかもらえるだろうから、そのお金で返そうと思ったんだけど、今の状況だと無理そうだからね。シーナもこのまま僕の借金が増えるのは困るだろう？　だから、シーナが言ってお金をもらってきてくれないか？」

「そんなこと、できるわけがありません!!」

シーナは怒りでどうにかなりそうだった。

自分との交際費をほかの女につぎ込んでいたと知った時も、怒りや嫉妬よりも呆れてしまったし、浮気をするならもう少しうまく隠してほしいとすら思っていた。

しかし、この申し出に対してははらわたが煮えくり返る思いだった。

親から騙し取ったお金を賭け事で作った借金の返済に使うなど、どうかしているとしか思えない。

自分たちの親はともに貴族。つまり、お金はすべて領民の血税なのだ。

彼らが自らの生活を切り詰めて納めてくれた税をそんな馬鹿げたことに使うなど、許せないことだ。シーナは民を慈しむ両親を尊敬している。自分のことを育ててくれた両親に対しても、領民に対してもひどい侮辱だと腹が立った。

火遊びで女性に貢いだお金もそもそもは、自分たちの結婚を盤石なものにして民を安心させるために使うものなのに。

自分はこんな男と生涯をともにしなければならないのか？

根から温和なシーナだったが、こんなにも強い怒りに見舞われたことはなかった。

その場は断り、何度も食い下がるアローンを捨て置いて自宅に帰ると、真っ先に両親に報告した。

「自宅に帰ってすぐ両親に、アローン様から言われたことを伝えました。両親はとても怒ってくれて、アローン様のご両親に抗議状を送ってくれたんです」

「それで、どうなったの？」

「その……お返事には、アローン様を学園から退学させたと書かれておりました」

アローンの父親は、賭け事をそれはそれは嫌う人だったらしい。

「賭け事とは裸で社交パーティに行くのと同じくらい愚かな行為だ、わざわざパーティには服を着ていきなさいと言う父親がいるものか、とおっしゃって……アローン様も奥様も、伯爵の賭け嫌いは知らなかったそうですわ」

そんなおぞましいものとの縁はすべて切れと学園を退学させ、アローンは自宅に軟禁されて、父親から厳しい再教育を受けることになったそうだ。

それがおよそ一ヶ月前のこと。

そして先ほどの出来事に繋がる。

シーナは今日、バザー用の小物を寄付するために近くの孤児院に行った。

月に一度は孤児院を訪問しており、いつも同じ時間に同じ道を通っている。幼い頃にだが、アローンも連れていったことがあった。

その帰り道に、アローンが待ち伏せていたのだ。

ひどく顔色が悪かったため思わず声をかけてしまい、シーナは言われるがままこの路地裏に連れ込まれてしまった。

そして、アローンはシーナを突き飛ばし罵詈雑言(ばりぞうごん)を吐き続けた。

毎日、父親に厳しい課題を押しつけられてうんざりしていること。学園の友人たちからは毎日のように借金の催促状が届けられていること。

そして、自分は友人たちから嘲笑われ見捨てられたというのに、孤児院で楽しそうに子どもたちと戯れているシーナを見かけて許せなくなったのだそうだ。

「お前のせいだ!!　あの時、黙って金を貸してくれればそれで済んだのに!!」

そうひとしきり怒鳴ると、スッキリしたらしく帰ってくれたそうだ。

「私……間違っていたのでしょうか？」

「なぜ、そう思うのかしら？」

シーナは少しためらってから口を開いた。

「お金の無心を断ったことは後悔しておりません。でも、あの時、両親に頼ってしまった自分も、アローン様と何も変わらない、自分の力では何もできない小娘だと……情けなくて……」

ローゼリアはうなだれるシーナを見つめた。

伯爵家の令嬢にしては、かなり質素なドレスを身につけている。

小さな手は、よく見ればあかぎれが目立ち、手のひらの皮が厚く硬くなっている。

「貴女はとても働き者なのね」

壊れ物のように優しくその手を取ると、氷のように冷たくなっていた。

「も、申し訳ございません!! こんなみっともない手で……パーティの時には、手袋で隠しているのですが……」

「なら、私の手も見てちょうだい？」

両手を広げて見せると、シーナがおずおずと見て触れる。

ローゼリアの手はあまり女性らしくない手だ。

幼い頃から木登りや乗馬が好きだったからなのか、今でもこっそり木登りをしているせいなのかはわからないが、指は太く、爪も厚い。全体に大きくゴツゴツとしていて、ロベルトよりも手が大きいのはローゼリアの数少ないコンプレックスだ。

乗馬でできた豆はもう何年も消えずに、ローゼリアの手の一部となっている。

「私も綺麗な手ではないの。白くてすべすべの、白魚のような手って憧れるわ。でも、仕方ないわよね。だって私、ほかに美しいところが多すぎるんだもの。手まで美しくなってしまったら、神を信じる人が減ってしまうじゃない？ 神は常に平等であり、すべての者に等しく加護をお与えになるって言葉を、公妃である私が矛盾させるわけにはいかないものね」

ほほほ、と口元に手を添えて笑ってみせると、シーナもクスクスと笑い始めた。

「公妃殿下はもうその言葉を矛盾させておりますわ。頭もよくてお美しくて、本当に羨ましいです」

「まあ、嬉しいわ。もっと褒めなさい」

シーナはいつの間にか落ち込んでいたことも忘れて、言われるがままにローゼリアを褒めた。

不思議なことに、褒めれば褒めるほどに、目の前の遠い存在だと思っていた美しき公妃殿下が親しみ深く思えてくる。

――こんなに素敵な人でも、褒められると嬉しいのね。

ありふれた、ごく普通の誉め言葉でもローゼリアは本当に嬉しそうに微笑む。

まるで少女のように愛らしいとシーナは思った。

「うーん!! いい気分!! ありがとうシーナ、おかげでとってもいい時間が過ごせたわ」

ぐっと長い腕を突き上げて伸びをすると、ローゼリアは微笑んだ。

「シーナ、貴女は確かにご両親を頼って助けてもらった。でも、彼がしようとしたこととは、まったく違うのではなくて? 遊びで勝手に作った借金を、人から騙し取ったお金で返そうとすることを、頼るとは言わないわ。それは貴女とご両親に対する侮辱であり、なにより詐欺という犯罪よ。婚約者だからって柔らかい言葉でごまかしてはダメ、貴女が反省するべきはその一点よ」

シーナは絶句した。

自分で何度も口にしたのに気づいていなかった。彼がお金を騙し取ろうとしていた、ということを何度も口にしながら、それを頼るという言葉でごまかそうとしていた。

彼は婚約者で、いずれは夫となる人だから。幼い頃から知っている人だから。

そんな非常識な行為に手を染めているなんて考えたくなくて、自分たちでなんとかできる些末事にしたかったのだ。

シーナは罪悪感に押し潰されそうになった。

ほんの少しの感情でも、保身に走ろうとしてしまった自分に吐き気を催す。

「はいはい、そこまでよ」

むいっと頬をつままれた。

ローゼリアがシーナの両頬を引っ張ったのだ。

「そんなに真っ青になるまで自分を省みることができるのはいいことよ。でも、今は自分を追い詰めるべき時ではないわ。貴女はどうしたいの？」

琥珀色の美しい瞳に映った自分の顔を見て、シーナはゆっくりと息を吸った。

知らないうちに息を止めていたようで、肺に空気が満ちていくのがわかった。

「私は……両親が守り続けてきた領地をあんな人に渡したくありません！　アローン様と結婚すれば、私たちの領地を一つにする契約でした。でも、あんな人に大切な土地も民も任せられない!!」

シーナの住む伯爵領は、先祖代々広大な麦畑を守ってきた。

黄金色に揺れる秋の麦畑も、夏の青い畑もシーナは大好きだった。

「どんな方とでも結婚できると思っていました。領地を守るためなら……でも、アローン様は無理です!!」

ローゼリアはその言葉に、ニカッと歯を見せて笑った。

「なら、さっきたくさん褒めていい気分にしてくれた褒美に私がその男……アローンを懲らしめてやりましょう。そんな人に領主になられたら、フィベルト公国公妃である私が困るもの」

こうして、ローゼリアはシーナの婚約解消に一役買うことになったのだ。


屋敷に戻り、ローゼリアはロベルトに事のあらましを説明した。

紅茶を飲みながらロベルトは小さくため息をつく。

「それにしても、賭場か……そこまで困窮するほど借金を背負わせるような賭場が、学園の近くにあったかかな?」

かつてミーマニ王国では、賭け事は貴族の嗜み(たしな)とまで言われ、浸透していた。

しかし、流行り病で国が荒れたこともあってか、次第に賭場では問題が起きるようになった。賭けのために屋敷や爵位、果ては自分の子どもや妻まで質に入れる者が現れるようになったのだ。

アローンの父のように賭け事に対して強い嫌悪感を抱く者も少なくはなく、ミーマニ王国において賭場は禁止とされた。

そこで、かつての賭場は遊戯場と名を変え、表向きはビリヤードやダーツを楽しむ場所となった。

だが実際は、客がゲームに金銭を賭け始めても店側は黙認する、というかたちで存続していた。

学園に通っていたというアローンも、おそらくはそういった遊戯場で賭けをしていたのだろう。

しかし平民ならともかく、貴族の子どもが借金を抱えるほど負けるのを店側が黙認しているのは不自然だった。

アローンはまだ学生で、伯爵令息だ。訴えられれば店が潰れるだけではすまない。

「ひとまず、視察も兼ねてこの二つの伯爵家について調べようと思いますの」

シーナとアローンについてはすぐに詳細を調べることができた。

アローン・ラッシュ伯爵家嫡男、十八歳。

ラッシュ伯爵領は鉄産業が盛んで、領地で生産された鉄製品は国内でも幅広く使われており、特に鎌や鍬といった農耕品は使いやすく、長持ちすると評判がいい。

シーナ・コーティ伯爵令嬢は広大な麦畑を所有するコーティ伯爵家の一人娘。

ラッシュ領とコーティ領は、隣同士であるため元々交流が深く、二人の結婚によってラッシュ家とコーティ家を合併し、ラーティ家と名を改めるとの申請がされていた。

天候に左右されやすい農業が主な産業であるコーティ領と、鉄製品の大量生産のためとにかく人手が必要なラッシュ領の民の生活を、より安定させようという目的もあったようだ。

仮にシーナとアローンの婚約が破棄された場合、互いの結婚と領地の合併に備えて増設された工場や畑の所有権は、すべて夫となるアローンが引き継ぐことになる。

結婚がうまくいかない理由はすべて女性にあるとされているからだ。

そうなればコーティ伯爵家は多大な損害を負う。シーナがアローンとの婚約に対して強い義務感を背負っていたのは、おそらくそれを危惧したコーティ伯爵家が彼女にこんこんと言い聞かせていたから。

余計な情や夢を抱かせると、女は扱いにくくなると考えている者はいまだに多い。

シーナが学園に通わせてもらえなかったのも、そのためだろう。

「さて、と。まずは……」

ローゼリアは手紙をしたためた。

手紙の返事はすぐに届き、ローゼリアは侯爵家の屋敷に招かれていた。

「ご機嫌麗しゅう、イザベラ様。今日もお美しくていらっしゃること」

「ローゼリア公妃殿下、お久しぶりに会えて嬉しいわ。相変わらずお元気そうで何よりですこと」

イザベラ・レッドルーア侯爵夫人は、ローゼリアの学生時代の好敵手である。

当時、常に手をインクまみれにして勉学に勤しんでいたローゼリアに友人と呼べる者はいなかった。

常に上位の成績を収めていた彼女に対して、多くの男子生徒が眉をひそめていたからだ。

つっかかってきたりいやがらせをしたりする者もいたが、ローゼリアは怯えることも臆することもなく正面からいなし続けた。

挙句、中庭に呼び出されて「教師に色目を使いテストの問題を盗み取っているのだろう」という事実無根の糾弾を浴びせられ「そもそも色目を使うとは具体的に何をすることなのかしら？　私は皆様がおっしゃる通り、男を立てることもできない口うるさくインク臭い女にございますので、そのような方法は存じ上げませんの。皆様は私がどのような行動や発言をした際に色目を使っていると思われたのかしら。具体的にご説明いただけませんこと？」

恥をかかせてやろうとわざわざ人の集まる時間帯に呼び出した彼らは、ローゼリアの思わぬ反撃に面食らった。

涼しい顔で、色目を使うとはどのようなことか具体的に説明してみろと言われるのは、年頃の多感な少年たちには死刑宣告にも等しいことだっただろう。

「まあまあ、皆さんそろってお口をつぐまれて、いかがなされましたの？　先ほどまであんなにお元気なお声でしたのに」

そう言って微笑む姿を見て、周囲の生徒たちが凍りついたのは言うまでもない。

当時、婚約者だったロベルトを除き、そんなローゼリアと対等に言葉を交わせる唯一の相手が、イザベラだったのだ。

「まあローゼリアったら、あいかわらず質素なドレスに貧相なアクセサリー……本当に飾り気がないわねぇ、だからインク塗(まみ)れのカラス姫なんて言われてたのよ」

「うふふ、イザベラ様ったらひどいですわ。ご自分がそんなふんわりとした豪華なドレスを身につけていないと不安だからって他人にまで強要しないでくださいませ。私はドレスの飾りで体のラインを隠す必要なんてないんですもの、真珠塗れの子豚姫様？」

「まあ嬉しいわ、豚は賢くて幸せの象徴と呼ばれる素敵な動物ですものね。可愛らしいし……不吉の象徴で汚らしいカラスよりもマシだわ」

「カラスは北大陸では国の守り神と言われているそうですわよ。それに、時には人をも利用して食べ物を手に入れようとする貪欲な姿を、私は美しいと思いますわ。与えられた餌をひたすらに貪り肥え太るだけの豚が貴女にはお似合いですけど」

「挨拶くらい普通にしなさいよ!! カラスの鶏ガラ!!」

「本当に元気そうで何よりですわ、子豚夫人」

ちょうど客間に到着したため、いつもの挨拶はそこで終わった。

「まったく、こんなのが公妃殿下なんて世も末ね。とりあえず集めといたわよ」

「イザベラ先輩、さすがですわ～! 素敵～!!」

「やめて、本当に気持ち悪い」

イザベラはローゼリアよりも三歳年上で、今では三人の子どもを産んだ立派な侯爵家当主である。

この国で初めての女侯爵である彼女は社交界の紅薔薇(ばら)女王と呼ばれ、彼女の耳に届かない噂は存在しないとまで言われている。

そんな彼女を「真珠塗れの子豚姫様」などと呼ぶのはローゼリアしかいない。

「アローン・ラッシュ。彼がきちんとした賭場に行ったのはほんの数回よ。そこでは気持ちよく勝てたみたい。けれどその後、彼を賭場に誘った友人に個人的に賭けをしないかと誘われたらしいわ」

賭場に連れていき、気持ちよく勝たせて賭け事にはめる。そこから賭場外での個人的なゲームに誘い、少しずつ負けさせながら適度にドカンと大きく勝たせる。

これを繰り返すと、安全な賭場には戻れなくなるのだ。ルールと上限が決められている賭場で勝負するよりも、友人同士でギリギリの金銭を賭けて思い切り勝つ快感のほうが忘れられなくなる。

「気がつけば、いいカモにされているのよ。友人たちの個人的な遊びならイカサマもし放題だもの」

「初めに良心的な賭場に連れていって、ただの遊びと安心させてからスリルを植えつける……うまくできた仕掛けね」

そもそもシーナに話を聞いた時から怪しいとは思っていた。

アローンは元々、自分の両親からもシーナの両親からも金をもらうつもりだった。

それだけ大きな借金を抱えていたということだ。

学生で貴族でもあるアローンにそこまで負けさせるような賭場は、とっくに潰れている。

ならば誘った友人たちとやらが怪しいと踏んだのだが、当たりだったというわけだ。

イザベラの話では、似たような手口で多額の借金を抱えて、それでも賭けから抜けられない者は多いらしい。

特に娯楽の少ない貴族がはまりやすいそうだ。

「で、ローゼリア。貴女、このアローン・ラッシュについてどう思う？」

「ある意味では被害者と言えますわね。ラッシュ家の御当主はとても厳格な御方……幼い頃からかなり厳しい教育を受けてきたそうですから、こうしたお遊びに夢中になってしまうのも無理はないのかもしれません。ご友人たちも、そんな彼だからカモに選んだのでしょうし」

　イザベラの侍女が淹れてくれたお茶を一口飲む。

　彼女が出すお茶が、ジャムがたっぷり入った蕩けるように甘いお茶なのは昔から変わらない。

「しかし、彼は自分の立場をわかっていない。二つの伯爵家の民と歴史を背負っているというのに自分の尻すら自分で拭えないなんて、呆れてものも言えないわね。そんなお子様が賭け事に手を出すなんて、身のほど知らずにもほどがあるわ」

　イザベラは満足げに微笑むと、書類のたっぷり詰まった封筒を差し出した。

「貴女、丸くなったわよね」

「まあ、そんなことを言われるなんて意外ですわね」

　ローゼリアは白い皿に並べられたチョコレートを一粒口に運ぶ。

　この国では、色の地味なチョコレートは貴族にはあまり好まれず、平民の子どもが食べる栄養食というイメージが強い。

　しかし、イザベラはこのチョコレートを非常に気に入り、毎日食べている。

　ローゼリアも市場に出回っているチョコレートは舌触りも香りも悪いものが多いため滅多に食べないが、イザベラの雇ったパティシエが作るチョコレートの滑らかな舌触りとミルクとカカオ豆の蕩けるような香りに一度囚われてしまうと、ついつい手を伸ばしてしまう。

「ええ。学生時代の貴女なら、シーナ嬢に話を聞いた瞬間にラッシュ家に押し入って力技で婚約を解消させていたでしょう？」

「まあ、確かにそうですわね。お恥ずかしい」

クスクスと笑ってまたチョコレートを一粒つまんだ。

「ところで、今日もこのチョコレートをお土産に包んでいただきたいのですけど」

「客人のくせに土産をねだるなんて、相変わらずね。用意させてあるから待ってなさい。今日はいいオランジェットもあるからマーガレットちゃんにあげてちょうだい」

「まあ、お優しいイザベラ様なんて珍しい。明日は雪かしら？」

「大丈夫よ、私が優しくするのはマーガレットちゃんだけだから。あの子ったら、うちの子に誕生日プレゼントだって可愛いぬいぐるみを作ってくれて、わざわざ持ってきてくれたのよ。みんな大喜びで、毎日手放さないわって伝えてちょうだい」

そう言うイザベラは、すっかり母親の顔になっていた。


後日、ローゼリアは装いも新たに、シーナとの待ち合わせ場所に向かった。

髪はショートヘアのウィッグに隠し、化粧は眉を濃く引いて、紅は一切使わない。

アクセサリーはつけず、仕立てのいい黒いコートを羽織れば完成だ。

「す……素敵ですぅ……！」

「今日はロジーと呼んでちょうだいね」

ロジー——それはローゼリアが弁護士として活動する時の通称である。

準備を終えた彼女は、両伯爵家がそろうコーティ家に向かった。

「皆様、初めまして。私、弁護士をしておりますロジー・ラークスと申します」

「ほう、ラークスというと、ドラニクス侯爵家の分家にあたる伯爵家だったか？」

口を開いたのはシーナの父親だ。

彼の言う通り、ラークス家は実在する伯爵家で、ローゼリアの弁護士としての名はロジー・ラークスで登録している。

あまり知られていないことだが、弁護士は恨みを買いやすいという立場上、家長の許可があれば偽名で登録することができるのだ。

「はい、嫡男のラッツがよくやってくれているので、私はこうして弁護士として働かせていただいております。皆様のお役に立てるよう全力を尽くしますので、よろしくお願い致します」

ここで大切なのは、嫡男のラッツという実在する名前を出しながらも、自分は次男だ、などと嘘をつかないことだ。あくまでも嫡男のラッツが頑張っているという事実だけをさらりと述べることで、周りが勝手に自由奔放な次男のロジーという人物を作ってくれる。

「シーナ、弁護士なんか呼んで一体何事だ？」

不機嫌そうに口を開くのはアローンだ。

そわそわと落ち着きのない様子から、先日のことを責められるのではないかと怯えているのが伝わってくる。

ローゼリアがシーナに目配せすると、力強い眼差しが返ってきた。

「お父様、お母様、そしてラッシュ家の皆様。お忙しいところお集まりいただき恐縮です。今日お集まりいただいたのは、私とアローン様の婚約を解消させていただくためです」

その言葉に両夫人が真っ青になった。

「シーナ!! 貴女、正気なの!?」

「どういうことです、コーティ伯爵! 私たちラッシュ家がこの政略婚約のためにどれだけのお金をつぎ込んだと思っておりますの!?」

両夫人の言い合いを聞き流し、ローゼリアことロジーは全員に書類を差し出した。

「皆様、まずはこちらをご覧ください」

言われるがまま、書類に目を落とした全員が固まった。

それにはアローンが学園内で友人と賭け事をして負けたこと、その借金の金額、そしてさらに大事なことが記されている。

「テストの答案を盗んだ!?」

「学園の窓ガラスをわざと割った!?」

「備品を盗んでそれを質に入れただと!?」

そう、アローンが抱えていたのは借金だけではなかったのだ。

どうしても賭けがしたい、しかしお金がなかったアローンは自ら友人に提案したのだ。

お金と同じくらい価値のあるものを賭けに出す、と。

そこでテストの答案を盗み、それを賭け金の代わりにした。

はじめは友人たちも面白がってやらせていたが、さすがにリスクが高すぎるため、すぐに金以外は受け付けないと断った。

次にアローンがやったことは、学園の備品を盗んだり壊したりすること。

巧妙なことに、犯行の際にはあらかじめ男爵位、準男爵位の次男か三男という立場の弱い生徒の私物を盗んでおき、それらが犯行現場に落ちている偽造写真で彼らを脅し、金を巻き上げたのだという。

一部の備品は質に入れたようだが、学園内の備品はすべて特注品で、盗難届も出ていたためすぐに見つかった。

「ご子息に脅されていた生徒たちの証言と第三者の裏づけ。学園の生徒、教師、整備士からも証言を取りました」

次々と書類が積まれていく。

「聞いたところでは、アローン様はシーナ嬢と結婚後、ともに領地を治めていくことになるそうですね。しかし、彼が領民からの血税をまとめる立場になると思うと……私の個人的な見解を申し上げれば、少々背筋が寒くなります」

ロジーの言葉に、両夫妻はうつむくしかなかった。

アローンは口を挟む暇もなく、その場で廃嫡（はいちゃく）されることが決まった。

そして罪人の証である腕輪をはめられることになった。これは特別な鍵がないと外すことができないもので、罪状が刻印されている。

罪人として懲役を終えるまで外すことは許されず、その後は平民として生きなければならない。

ラッシュ夫妻は息子のしでかしたことを恥じ、コーティ家に領地と爵位を託して辺境の町に引っ込んだ。アローンが引き継ぐはずだった資産も、コーティ家が所有することになる。

その後、シーナはアローンの従兄弟にあたる、十歳の少年と新たに婚約を結ぶこととなった。

のちに、二人が国内でも有名なおしどり夫婦となることを、この時誰が予想していただろう。

「突然の訪問、失礼致しますわ。近くを通りかかりましたので、皆様のお顔を拝見したく立ち寄りましたの。ご機嫌いかがかしら？」

視察の帰り、ローゼリアが寄り道したのは婦人の会。

この辺りに住む貴族のご婦人たちが集まり、おしゃべりをしたり縫い物をしたりしながら情報を共有する大切な場だ。

「ローゼリア公妃殿下！」

「お会いできて光栄にございます！」

お茶を楽しんでいたご婦人たちがカチャンとカップを乱暴に置いて、ローゼリアのもとに駆け寄る。

無作法を窘(たしな)める者はおろか、眉をひそめる者すらいない。

「娘をお救いくださいまして、ありがとうございました！」

「姪がお世話になりました！」

「妹への御恩はいつか必ずお返し致します！」

彼女たちは、エンジェラに誑かされた男たちの婚約者の姉や母親たちだ。

エンジェラは王太子を選んだというのに、骨抜きにされた彼らの目が覚めることはなく、婚約者にわざわざ、「自分は生涯エンジェラだけを愛する。お前には跡継ぎを産んでもらうが、愛してもらえるだなんて思い上がるな」などと宣ったそうだ。

彼らの父親は「息子がそんな調子ではほかに縁談を組むのも難しいから、なんとか婚約解消だけはしないでくれ」と婚約者に大量の賄賂を送りつけ、婚約解消を拒否した。

まるで娘や妹を金で買うような態度を見せられ、悲しみと怒りに暮れていた彼女たちに、手を差し伸べたのがローゼリアである。

ある時は、賄賂で息子の婚約者を黙らせようとした騎士団長のもとへ。

「騎士団長、ハーメル侯爵。ずいぶんたくさんの金貨をご用意されたようですね。ところでハーメル侯爵の領地では、領民たちが不作で減税を申し出たところ、断られたと伺いました。こんなにたくさんの金貨を用意できるほど余裕があるのならば、なぜ減税を受け入れませんでしたの？　まさか、侯爵家ともあろう御方が、領民の生活よりも、息子の恥を塗りつぶすことに血税をお使いになられたなんて……騎士とはいつから鎧をまとい剣を携えるだけの木偶の坊になられたのかしら？」

「ごふっ」

またある時は、脛に疵を持つ宰相のもとへ。

「宰相、ミネルバ伯爵。貴方様は以前、隣国よりミーマニ国王へ贈られたネックレスを輸送する馬車の手配をご担当されましたね？　それはそれは価値のあるネックレスに目の眩んだ貴方が何を企んだか……当時の御者の証言がこちらですわ。取り替えられた本物のネックレスも私の手元にございます。その優秀な頭はずいぶん錆び付いていらっしゃるようですので、取り替えることをお勧め致しますわ」

「がはっ」

横暴な婚約者とその父たちに、お灸を据えて回る。

「と、いうわけで……とっととこの婚約解消を承諾する書類に署名と捺印をなさい」

「「かしこまりました」」

「金貨はお返し致します。けれど慰謝料はきちんと御自分でお出しなさい。しばらくお酒とお友達へのプレゼントを控えればすぐに貯まるでしょう？」

「「あべしっ!!」」

といった手腕で、ローゼリアは次々と彼女たちの婚約解消を実現させていったのだった。

ちなみに、あまりに目に余るものはきちんとしかるべきところへ報告した。

何人か爵位を失ったらしいが、領民や罪のない使用人たちはフィベルト公国へ避難させた。

――まったく自業自得ですわね。

あと何人だったかしら？

「ただいま帰りましたわ、ロベルト様」

「おかえりなさい、リア」

婦人の会からお暇（いとま）した後、帰宅したローゼリアは、執務室の机に資料を並べ、普段持ち歩いている手帳と見比べる。

婦人の会で、また理不尽な婚姻に縛られている令嬢の存在を新たに聞いたので、すぐに調べて手を打たなければならない。

一時間ほど、ローゼリアは手をインクで汚しながら書類を書き進めた。

「ふう、少し休みましょうか」

時計を見ると、お茶の時間になっている。

シリウスが作ってくれた、机に置ける小さな時計はとても便利だ。

壁にかける時計は、顔を上げないと目に入らないが、この小さな時計を書類の近くに置いておくようになってからは、お茶の時間を忘れなくなった。

アンナが用意してくれた蒸しタオルで、インク塗れの手を綺麗に拭いてからテラスに向かう。

「ロベルト様も休憩ですの？」

「ああ、少し疲れたからね」

先に紅茶を飲んでいたロベルトの向かいに腰かけて、淹れたてのお茶を飲む。

疲れた体に温かい紅茶が染み渡るようだ。

時間をかけてカップを空にして、クッキーを数枚お腹に収める。

「ごちそうさま」

「リア、仕事は順調かい？」

「ええ、でももう少し進めておきたいんです」

ロベルトは、カップを静かに置くとにっこりと微笑んで立ち上がり、ローゼリアをひょいと抱き上げた。

「一区切りついたなら、今日はもう仕事禁止だよ。旦那様からの命令だからね」

「まあ、公王陛下の命令ではなく、旦那様からの命令ですの？　破ってしまったらどのような罰を課せられてしまうのかしら？」

ロベルトはローゼリアの唇に軽く口づけを落とす。

「君の美しい瞳を独り占めする紙もペンも、すべて火炙りにしてしまおうかな」

「ふふ、恐ろしくて腰が抜けてしまいますわ」

そんなやり取りをしているうちにロベルトは寝室に入り、柔らかなソファに腰かけて、ローゼリアを膝枕で寝かせた。

昔から、ローゼリアが仕事や勉強に根を詰めると、ロベルトはいつもこうしてくれた。

子どものように髪を撫でられ、手をしっかりと握られて、じっと顔を見つめられる。

——鳥籠（かご）のなかの小鳥だって、もう少し自由なんじゃないかしら？

そう思いながらも、ローゼリアはこの膝の檻が嫌いではなかった。

ロベルトの温かい手のひらが、ローゼリアの手をしっかりと握りしめる。

温かくて優しい、愛しい人からのわずかな束縛。

「ロベルト様、お慕いしておりますわ」

「もう少し甘い言葉が欲しいよ、リア」

子どものように拗ねるロベルトの頭を、そっと撫でる。

「愛しています、私のロベルト」

——呼び捨てにしたのはいつぶりかしら？

なんだか恥ずかしくて寝たふりをしていたら、本当に眠ってしまったのだった。


膝の上で眠ってしまったローゼリアの寝顔を眺めながら、ロベルトは昔のことを思い出していた。

母親、マリアのことだ。

すべての人々に平等に愛を注いだ慈悲深い聖女、と呼ばれているが、ロベルトの記憶のなかのマリアは少し違う。

とても逞(たくま)しく、強くて凛々しい人だった。

そんな彼女が、幼いロベルトに、何度も教えてくれた言葉がある。

——ロベルト、人間が決してやってはならないことは、一つしかないのですよ。それは——

「ロベルト、人間が決してやってはならないことは、一つしかないのですよ」

「一つだけなんですか？　母様」

「ええ。それは人を裏切ることです」

「嘘をついたり、約束を破ったりすることとは違うのですか？」

「嘘や、約束を破ることの最後にあるのが裏切りです」

——六歳の息子に教えることにしては、難しすぎませんか？　母様。印象に残って、忘れられないのは確かですけれどね。

「いいですか、ロベルト。嘘をついたり、約束を破ったりすることはもちろんいけないことです。でも、嘘をつかずに生きていくことは、とても大変なことです。約束を破らないことも、難しいことです。人生には大変なことや、つらいこと、惨めなこともたくさんあります。特に貴方はいずれ公爵を継ぎますから、それはたくさんあるでしょうね」

「……はい」

「ロベルト。母様は、嘘をつくのも、約束を破ることも、必要ならば構わないと思っています。でも、人を裏切ることだけはしてはなりません。それは、一度たりともしてはなりません。裏切るくらいなら、逃げなさい。裏切るくらいなら、捨てなさい。……わかりましたね？　私の可愛いロベルト」

——母様、可愛いマーガレットは、あの王太子に裏切られました。

たくさんの輩が、人を平気で裏切っています。

貴女のおっしゃられていたことが、よくわかりましたよ。

こんなに腹が立つのですね。

悲しくて苛立たしくて、私だけでは乗り越えられませんでした。

愛するリア。

君がいなかったら、マーガレットがボロボロになって帰ってきたあの日、僕はどうしていただろう。

怒りに任せて城に怒鳴り込んだか。それとも、マーガレットと一緒に田舎に引っ込んだか。

きっと、マーガレットがどうしたいかなど何も聞かずに、何も考えずに、ただ自分の怒りをあの国にぶつけて、たくさんの関係ない人を巻き込んだだろう。

——あの恐ろしい流行り病のように、理不尽な存在に、僕がなるところだったんだ。

けれどローゼリア。君が僕を、王様にしてくれた。

君はたくさんの人を救うために、人を裏切った人を裁くために頑張っている。

君の夫であることが、僕の誇りなんだよ。愛するリア。

……さて、リアが断罪した男たちが、元婚約者に夜這いをかけて傷物にしてやるなんて不届きな計画をしているらしいね。

いまだに自分たちは被害者だと思っているようだけど、一体彼らがなんの被害にあったのか、聞いてみたいところだ。

——いっそのこと、教えてもらいに行こうかな。

それもいいかもしれない。

ただしリアには内緒で、ね。

だけど今日は僕も疲れたから、もう眠るとしよう。

おやすみ、リア。

第五章　可愛い義妹は頑張り屋さんです

「シリウス君、食事はお口に合ったかしら？」

「はい、とてもおいしかったです。たくさん作っていただきありがとうございます、奥様」

シリウスがルーバー家にやってきた夜、ルーバー男爵と夫人が歓迎の意を込めてご馳走を振舞ってくれた。

夫人手作りのシチューのパイ包み焼きは最高においしかった。

ルーバー男爵家では、食事を作るのは夫人の仕事。

人数分の食事を作り、皿や鍋を洗って片づけるのを三食分、すべて夫人が行っている。

使用人も何人かいるけれど、全員掃除と洗濯にかかりきりだ。

屋敷は貴族としての象徴でもあるから、常に綺麗に保たなければならない。

男爵はあまり立場が強くないため、埃一つ残っているのを見られるだけで家の繋がりを切られることがあるし、突然の来客にも対応しなければならないから、使用人たちには掃除に専念してもらい、食事や片づけは自分たちでやる。

夕飯の後、夫人に「何か手伝いますか」と聞いたら、泣きながら喜ばれたのには驚いた。

エンジェラは、手伝いを申し出たことすらなかったらしい。

とりあえず夫人が皿洗いしてる間にテーブルを拭いて、洗い終わった皿を一緒に片づけた。

「お皿の置き場所を覚えたら、後片づけはすべて僕がやりますね、奥様」

――夫人、再び号泣。お疲れなんですね。

その後、シリウスは男爵が用意してくれた部屋に案内された。

ミカエルが荷物を片づけてくれていたので、荷解きは楽だった。

「バレット・ルーバー男爵。改めましてお世話になります、シリウスです。ルーバー家の名に恥じないよう精進致します」

「こちらこそよろしく、シリウス君。初日から妻を手伝ってくれてありがとう」

――アンナ様やキッチン隊に散々仕込まれたからなぁ。

今度簡単な料理でも作ってみよう、と思うシリウスだった。

「おや、このタイピンは……」

「ロベルト様から頂きました。男爵家に入ることになったお祝いだって」

タイピンをはじめとした宝飾品は、テーブルに並べてあった。ミカエルによると、紛失がないか確認するためらしい。

「ほう、それは素晴らしいものを頂いたねぇ」

「初恋に破れて生涯を慈善活動に尽くした方の遺品らしいです」

シリウスがタイピンを手に取ってみせると、男爵は声を上げて笑い始めた。

「ロベルト陛下からは、そう聞いたのかい？」

「そうです。意地悪でしょう？」

カラカラと男爵の笑い声が止まらない。

「いや、すまないね。ロベルト陛下は神様のような完璧な御方に見えたから、人間らしいところが知れて嬉しかったんだ」

男爵によると、タイピンの元の持ち主が初恋に破れて生涯独身だった、というのは、その初恋の相手が捨て子だった彼を育ててくれた教会のシスターだったかららしい。

——母親代わりのシスター、そりゃ結婚できない。

だが彼は伯爵位を賜ってからも妻を娶ることなく、シスターとともに連れ添い、孤児院や教会の環境改善に尽くしたらしい。シスターを看取った後は養子に跡を継がせて全国の孤児院を巡り、慈善活動を続けたそうだ。

シスターを一途に想い続けて叶わぬ初恋に生涯をかけた彼は、特別にシスターと同じお墓に入れてもらったらしい。

墓石には〝楽園で夫婦となる者たち、ここに眠る〟と彫られているとか。

「つまり、そういう意味だよ」

と旦那様はしばらく笑っていた。

——ロベルト様、面倒臭いです……

「フィベルト公国初代公王陛下、ロベルト・フィベルト殿。本日はお忙しいなか、お目通りいただき誠に恐縮にございます」

「構わないから、楽にしてね?」

「ははっ! 私めのような小間使いにまでお気遣いいただけるとは光栄にございます」

頭を垂れる彼は、同盟国安全保障協議委員会の使いだ。

同盟国(略)はそれぞれの国から選出された委員たちによる、国同士の平和を守るための組織である。

「改めまして、本日は我ら同盟国安全保障協議委員会の会議にて、フィベルト公国を正式な国家として同盟国への加盟を許可することを決定致しました旨をお伝えすべく参上つかまつりました」

本来、独立したばかりの国家の加盟が認められるには数年かかるのだが、フィベルト公国はこれまでの公爵領としての功績や、独立にあたって内乱がまったく起こらず国民の支持が厚いこと、物流の流れにも問題がないことなどを鑑みても、国として申し分ないと判断された。

「それにしても、少し急ではないかしら? まだミーマニ王国の国民は残っているのよ。国境も定まっていないのに、民を混乱させるのは避けたいわ」

「ローゼリア公妃殿下のご意見はごもっともにございます。しかし、もう一つの決定もご覧ください」

使いの者が差し出した書状には、ミーマニ王国の同盟国からの除籍の決定が記されていた。

「これもまた急な話じゃないか」

「僭越ながら、委員会では何度も協議されてきました。オズワルド王太子殿下の婚約破棄騒動の時から、でございます」

国王の血を受け継ぐ王太子が、婚約者との婚約破棄を独断で行ったことは、同盟国にも重く受け止められたのだという。

「オズワルド王太子殿下は、ベルナルド国王陛下の血を引く正式な王族。そして公爵家の嫡女、マーガレット嬢と婚約していたことは、同盟国すべてが知る事実であります。王太子殿下が、独断で婚約者をいわれのない罪に問うたこと、公衆の面前で己の不貞を晒したこと、そして不貞の相手を正妻にすると公言したこと。これらは、王族や貴族が政略結婚する意味を、土足で踏みにじる行為だと委員会は判断致しました。優秀な血筋を残し、不義の子を残さないための婚約。それを王太子自らが、否定してしまったのです。それに、オズワルド王太子殿下が糾弾したというマーガレット嬢の罪は、すべて冤罪でした。そのうえ彼女の母君の形見を踏みにじり複数人で暴行するという私刑を加えたこと、これらはまるで、あの痛ましい魔女裁判ではないかと。……フィベルト公国独立に伴い、ミーマニの多くの民は、フィベルトを選びました。ならば、反乱を招く前に早急な対応を行うべきだという判断にございます」

「あら、魔女裁判なんて失礼ね」

「まったくだよ、マーガレットは天使じゃないか」

「大変失礼を致しました。書状を訂正致します」

オズワルドの目の前には、何度もナイフで切り裂かれた書状が置かれていた。

内容は、ミーマニ王国の、同盟国からの除籍処分について。

この書状は控えであるため、引き裂こうが燃やそうが決定は変わらない。

もちろん、大切な書状の控えを王太子が故意的に破損することは咎められる行為だが、オズワルドにとってそんなことはどうでもよかった。

「マーガレット……あの女は、どこまでこの私から奪えば気が済むのだ!!」

それは八年前、オズワルドが十歳の頃。

彼の人生は最高潮に達していた。

国王の血を引く男児がオズワルド一人だけとなり、王太子となれたのだ。

第二側妃である母はそれはそれは喜び、泣きながらオズワルドを抱きしめてくれたし、城の使用人たちの態度はガラリと変わった。

部屋も服も食事も、豪華絢爛なものに変わった。

王太子とはなんと素晴らしい地位なのか、これからはこんな生活が毎日続くのかと思うと天にも昇る気持ちだった。

そして王太子教育が始まったが、今までの勉強を少し応用すれば簡単なものばかりだった。

オズワルドは、きっと自分は王太子となる運命だったのだと信じて疑わなかった。

ほかの王子はもうおらず、後継者争いに悩まされることもない。

神が自分のために、この素晴らしい舞台を作り上げてくれたのだと、自分は選ばれし特別な人間なのだと思った。

そして、婚約者が決まった。

まだ六歳の公爵令嬢、マーガレットというらしい。

おそらくこの素晴らしい城に圧倒され、緊張して言葉も出ないに違いない。

仕方ないから自分が助けてやろうと、オズワルドは足取りも軽くマーガレットとやらが待つ客間に向かった。

「オズワルド王太子殿下、お初にお目にかかり光栄に存じます。フィベルト公爵家嫡女、マーガレットにございます。以後、末永く殿下にお仕えすることをここに誓いますわ」

美しく礼をした幼いマーガレットは、とても滑らかに挨拶をした。

使用人たちの羨望の眼差しを浴びて、マーガレットは輝いていた。

「……ミーマニ王国、王太子のオズワルドだ。よろしく頼む」

マーガレットはすぐに城の者たちから好かれた。

一度見た顔と聞いた名前は決して忘れず、使用人のことも名前で呼んで労い、礼を言う。

作法は美しく、知識も豊富で、座っているだけでも華となる娘だった。

オズワルドは心の奥底で思った。

彼女が本物の貴族なのだと。

今まで胡座（あぐら）をかいていた自分の作法や知識など、彼女に比べれば付け焼き刃。

隣にいるだけで差を見せつけられる。

父である国王すら、マーガレットの前では柔らかな笑みを浮かべるのだ。

「マーガレット嬢、お主になら安心してオズワルドを託せる。至らぬところも多い息子だが、よろしく頼む」

その言葉に、それまでたっぷりとぬるま湯に浸かっていたオズワルドは氷水をかけられたようなショックを受けた。

——なんだその言葉は。それではまるで、私を、この神に選ばれし私を、仕方なく王太子にしなければならないとでも言っているようではないか？

実際のところ、オズワルドの評価は低かった。

三人の王子が次々と亡くなり、王族の血を引いている男児というだけで王太子となったにもかかわらず、オズワルドは毎日わがまま放題、発言も態度も傲慢。

とりわけ「自分は王太子となるべき存在だった、神が決めていたのだ」と手当たり次第に自慢していたことが、城の者たちの反感を強く買ってしまった。

それは、これまで亡くなった三人の王子への侮辱にほかならない——使用人から重役まで、そんな王子の言葉に眉をひそめたのだ。

特に正妃からは「私の息子を殺したのが神だというのですか？　あの恥知らずを王太子にするために、神が私の可愛い息子たちを屠ったと？　それならその神は、神は神でも疫病神でしょうね」と強い怒りを表明した。

そのため、マーガレットに対する王城の者たちの態度は、オズワルドへの当てつけのように露骨なものとなった。

マーガレットが来ている時には、使用人も重役たちも我先にと会いたがり、オズワルドと顔も合わせない正妃は、マーガレットを自ら招き、お茶会を開いた。

それらにマーガレットは完璧に応対した。

気がつけばオズワルドは、ミーマニ王国の王太子ではなく、次期ミーマニ王国王妃マーガレット様と結婚する王太子、と他国からも認識されるようになった。

次第に教育も滞るようになり、飽きたとばかりにサボるようになった。

マーガレットと顔を合わせるのも気に入らず、年に一度の挨拶しかしなくなった。

そして学園に入学したオズワルドはますます横暴になっていき、対するマーガレットは優れた成績を収め、あっという間に人望を集めた。

それが自分の怠慢が招いたことだと。

マーガレットの努力が実を結んだだけのことだと。

オズワルドは信じなかった。

――マーガレットは運がいいだけだ。他人に媚びて取り入る売女(ばいた)だ。

そうでなければならない。

選ばれし王太子である自分より優れているなんて、あってはならない――

自分からすべてを奪った。人望も、権力も、何もかも。

マーガレットさえいなければ、きっと誰もが自分に平伏したはずだ、と。

オズワルドは今でも信じているのだ。

ローゼリアが設立したフィベルト公国国立学園は早くも多くの生徒で賑わっていた。

マーガレットも新たな友達がたくさんできたらしく、毎日楽しそうに通っている。

シリウスも編入し、持ち前の明るさであっという間に溶け込み、毎日校庭を駆け回っているらしい。

しかし、楽しい日々のなかに突然事件は起こるものだ。

放課後、マーガレットが学園のテラスで友人のメアリ、スカーレットとお茶を楽しんでいると、女生徒が三人走ってきた。

中庭で、婚約破棄騒ぎが起こったらしい。

その騒ぎを起こしたのが公爵家の子息で、教師もなかなか手が出せないとのことだった。

「わかりました、私が役に立てるかわかりませんが、すぐに参ります」

メアリとスカーレットも付き添い、三人で中庭に向かう。

中庭につくと、野次馬の真ん中に件の騒ぎを起こした張本人、デッド・バッディーザ公爵令息が喚いていた。

デッドと向かい合うかたちで男子生徒二人に押さえつけられているのは、レミア・フィーズン伯爵令嬢。

彼女がデッドの婚約者だ。

そしてデッドに肩を掴まれ抱き寄せられているのは、バーニー子爵家のテティ令嬢。

三人の様子を見て状況をすばやく把握したマーガレットは扇子を持ちなおし、背筋を伸ばす。

――ローゼリアお義姉様のようにスマートにできるとは思えませんが、この場にいる皆様の不安を取り去らなければなりません。私はフィベルト公国の公女なのだから。

ピンと声を張り、カーテシーをすると、皆の視線がマーガレットに集まる。

「皆様、ご機嫌麗しゅう。このような素晴らしいお天気のなか、そんなに声を荒らげていかがなさいましたか？」

「マーガレット公女殿下！　お聞きください！　私はレミアとの婚約を破棄し、テティを妻として迎えます！　そして、このレミアという女の悪行の数々を白日のもとに晒し、裁きを下すことをお許しください！」

デッドはすっかり自分に酔っているらしく、目がらんらんと輝き血走っていた。

テティの肩を抱く手にも明らかに力が入っている。

「デッド様、お話は聞かせていただきますので、まずはレミア嬢をお離しくださいませ。皆様の間でどのような事態があったのかはわかりませんが、女性を二人がかりで地面に押さえつけるなど、紳士の行いとは思えませんわ。貴族たるもの力ではなく言葉で戦うべきです。公爵家のご子息であらせられるデッド様なら、高貴な戦い方がお似合いですわ」

「む……確かに！　さすがは公女殿下。貴様ら、いつまでそうしている！　高貴な私に恥をかかせるつもりか!!」

レミア嬢を押さえ込んでいた取り巻きたちは慌てて離れた。

マーガレットはスカーレットに目配せして、レミア嬢のもとに椅子を運ばせた。

一瞬見えた彼女のドレスの裾から、腫れ上がった痛々しい足首が見えたからだ。

「公女殿下！　その女は罪人です。施しなど不要にございます」

「これは私の判断です。何かご不満ですか？」

「ふ、不満など！　とんでもございません！　失礼致しました、公女殿下！」

へこへこと媚びへつらう姿はあまりにも情けない。

「ところで、デッド様はテティ様に婚約者がおられるのはご存知ですね？　貴方が公爵家のご子息であっても、正式な婚約者のいる女性を抱きすくめるのはマナー違反ですわ」

「問題ございません公女殿下。テティと私はすぐに婚約者となります。あのような醜男など、テティには不釣り合いなのです。殿下もそう思われるでしょう!?」

テティ嬢の婚約者は、二十歳年上の近衛兵ヴィンセント。

戦で右目を失い眼帯をつけているが、鍛え上げられた逞しい体と精悍な顔つきで身分問わず人気のある殿方だ。

テティ嬢と仲睦まじく、来月結婚式を挙げることは学園内でも話題となっていた。

デッドがなぜそんなテティ嬢を愛し、レミア嬢との婚約を破棄しようとしたのか――彼は声高に語り始めた。

騎士学部に在籍しているデッドが授業中に怪我を負った際、手当てをしてくれたのが、たまたまその場に居合わせたテティ嬢だった。デッドいわく「運命の出会い」なのだという。

婚約者であるヴィンセントの役に立とうと医学部に入り、優秀な成績を収めている彼女の手厚い看護に、デッドは恋に落ちたらしい。

その後、デッドが手当ての御礼だと言って大量の贈り物をしたり、パーティで見つけてはそばに張りついたりを繰り返した結果、テティ嬢は公爵家のご子息を誑かしたと白い目を向けられ、陰湿な虐めを受けるようになった。

元々愛らしく、そして人気者のヴィンセントを射止めたテティを妬む者は多かったため、公爵令息を誑かした云々は彼女に不満を抱く者にとって体のいい理由になったのだろう。

デッドが婚約者であるレミアをないがしろにしてテティを優先し続けた結果、レミアの友人がテティに直接辛辣な言葉を向けることもあった。

しかしテティにしてみれば、公爵家の子息を邪険には扱えず、周りに味方もいない。

彼女の友人も飛び火を恐れて離れていったそうだ。

それも仕方ないだろう、下手をすれば家そのものに危険が及ぶのだ。

テティは元々、学園を退学してからヴィンセントとささやかな結婚式を挙げ、辺境の地で静かに新婚生活を送る予定だったらしい。

しかし、それを知ったデッドは何を思ったのか、テティが虐めを受けていることも、結婚のために退学することも、すべてレミアの嫉妬が原因だという結論に至った。

そしてレミア嬢、ならびにヴィンセント殿も断罪し、真に愛し合う自分とテティが結ばれる、それこそが運命なのだ……という話を恍惚と語った。

その話を聞いていた生徒たちの視線はレミアとテティへの同情と、デッドへの侮蔑を孕んでいる。

空気は冷たく凍りつき、ここに水の入ったコップを置いておけば自然と氷になりそうなほどだ。

「デッド様、お話はとてもよくわかりました。そういうことでしたら少々お待ちください」

マーガレットはデッドが語ったことと、自分の知りうる事実を公爵家の透かしが入った便せんにしたため、蝋印を押した。

「こちらをバッディーザ公爵にお渡しください。デッド様のお気持ちを、僭越ながら私が代筆致しましたので、公爵が正しいご判断を下してくださることでしょう」

「こ、公女殿下！　有り難き幸せにございます！」

「テティ嬢はわがフィベルト家で一度お預かり致しますわ。デッド様のお話によると、このまま帰すのは危険でしょう。フィベルト公国公女の名に誓い、私が責任を持ってお守り致しますわ」

デッドはとても不満げだったが、さすがに公女の名に誓うという言葉に異は唱えられない。

「私は愛し合う二人の味方にございます。どうか真実の愛が結ばれることを、心からお祈り申し上げますわ」

「公女殿下……有り難き幸せ！　必ずやテティをあの悪女と醜男からお救いしてご覧に入れます！」

マーガレットはにっこりと微笑むだけ。

デッドは手紙を持ってウキウキと帰っていった。

そのままマーガレットはレミアとテティを救護室に連れていった。

レミアは足を捻挫しており、テティも肩に痣ができて、体が蝋のように冷たく白くなっていたからだ。

――バッディーザ公爵閣下はとても実直な御方ですからもう安心かとは思いますが、念のためにお兄様とお義姉様にもご報告致しましょう。

騒動の後、怪我の手当てを受けたレミアとテティを招き、スカーレットとメアリも一緒にガーデンでお茶会を開くことにした。

「レミア様、テティ様。ようこそおいでくださいました。メアリの淹れてくれるお茶はとてもおいしいんですのよ、どうぞおくつろぎになって？」

二人とも緊張からなのか顔が青白くなっていたが、このまま家に帰すのは危険だとマーガレットは判断した。

紅茶が行き渡り、マーガレットがケーキを切り分ける。

「こ、公女殿下、そのようなことは私が……」

思わずテティが立ち上がるが、マーガレットは笑顔を返して切り分けたケーキを配る。

「お気遣いありがとう、テティ様。でもこのケーキはとても崩れやすくて、切り分けるのにコツがいるの。それに私が作ったものだから、食べてもらうまで自分でやりたくて……わがままでごめんなさいね？」

「い、いえ！　とんでもございません！　公女殿下が自らお作りになられたケーキのご相伴にあずかれるなんて、光栄にございますわ」

テティに手伝わせれば、レミアも手伝うと言い出すだろう。

足を怪我しているレミアにはゆっくり座っていてほしいし、テティも顔色が悪い。

そんな状態の二人を放っておけなくて開いたお茶会なのだから、ゆっくりくつろいでほしいと思ったのだ。

ケーキを切り分けながら、マーガレットは二人を改めて見る。

テティはミルクティーのような淡い茶色の髪がふんわりとして、薔薇(ばら)色の頬に、桜色の唇に小鳥のような愛らしい声。

まさに絵本のなかから現れたお姫様のような愛らしさ。

今年で十五歳になり、誕生日を迎えれば成人として結婚を許される年齢になる。

婚約者であるヴィンセントとは誕生日に結婚式を挙げる予定だと令嬢たちが噂していた。

「マーガレット公女殿下、このような素晴らしいお茶会にお招きいただき、恐縮にございます。私までご招待いただけるとは、誠に痛み入ります」

レミアはテティとは対照的に、チョコレートのように艶やかでわずかな乱れもない髪に藍色の瞳。

スラリとした細身の体は鍛えられていて隙がなく、涼やかな目元と張りのある声が凛々しくも美しい。

「こちらのケーキは、隣国の姫君に教わったチーズケーキというものです。とてもおいしいので、ぜひ召し上がってくださいませ」

チーズ、と聞いてレミア嬢とテティ嬢はほんの一瞬だけ目を丸くした。

この国では、チーズは酒のつまみにする塩辛いもので、ケーキに使うものではない。

牛乳を加工する技術が他国よりも遅れているのだ。

ケーキに使ったのは、マーガレットが自分で作ったクリームチーズだった。

「お、おいしい!!」

「ほどよい酸味と滑らかな口当たり……甘すぎなくて、いくらでも食べてしまいそうですわ」

レミアもテティも気に入ってくれたようだ。

スカーレットはすでに二切れ目のお代わりを自分で切り分けてメアリに叱られている。

「こちらのベリーソースをかけてもおいしいんです。よろしければどうぞ」

「まあ！　まるで宝石のようですわ。美しくて、食べてしまうのがもったいないです」

「ジャムとはまた違うのですね、興味深いです。このさっぱりとした酸味は、肉料理にも合いそうですわね」

硬く緊張していたレミア嬢も、顔色が真っ青になってうつむいていたテティ嬢もすっかり笑顔になった。

おいしいお菓子と楽しいおしゃべりは、まるで魔法だ。

――私はローゼリアお義姉様のようにあっという間に解決することはできません。

たくさん悩んでしまうので、時間がかかります。

だから、待たせてしまう間に少しでも笑顔でいてもらえるように、元気を取り戻せるように、頑張りますの。

それが私、マーガレットの戦い方なのです――

その後。レミアとテティは、フィベルト家の馬車で自宅まで送り届けられた。

二人とも何度も礼を言って頭を下げた。

「マーガレット様、大丈夫でありまするか？」

「顔色が悪いです、どこか痛みますか？」

スカーレットとメアリの言葉に、マーガレットは自分の手が震えていることに気づいた。

「デッド様は、なぜあのようなことをなさったのかしら？」

ぼんやりと呟いた。

足が真っ赤に腫れても、うつむくことなく自らを鼓舞していたレミア。

愛し合う婚約者を想い、いわれのない虐めに耐え続けたテティ。

二人を辱め、虐げて、独り善がりな愛を語るデッド。

なぜ？

なぜそんなひどいことが平気でできるのか？

『マーガレット！　貴様との婚約は破棄だ！』

マーガレットの脳内にあの日の光景が蘇る。

たくさんの冷たく侮蔑に満ちた目。

耳に流し込まれる罵詈雑言。

押さえ込まれた膝に触れる氷のように冷たい床。

薄れゆく意識のなか、愉しげな嗤い声が響き、何度も夢のなかに現れた。

自分の今までの日々が、努力が、あのイヤリングとともにあっけなく砕かれた。

どれだけ努力を重ねようと、どれだけの知識をつけようと、たった一言で何もかも否定され、不要と捨て去られ、すべて無駄だと、醜いと嘲笑われる。

気がつけば、マーガレットは馬車のなかで意識を失っていた。

「マーガレット様！」

「しっかりしてくださいマーガレット様!?」

メアリとスカーレットの声だけが、豪奢なフィベルト家の馬車のなかに響いていた。

馬車はフィベルト家に到着し、気を失ったマーガレットはメイドたちによって部屋まで丁重に運ばれた。

メアリとスカーレットは、事の次第をロベルトとローゼリアに説明した。

「バッディーザ公爵家のデッド？　なるほどね、早速暗殺者を手配しよう」

「公王陛下!?」

「お気持ちはわかりますが！　なんならぜひお願いしたいのですが、マーガレット様が悲しまれますのでご辛抱を、公王陛下!!」

ロベルトは笑顔のまま殺気を飛ばすほどに激怒した。

「まあまあロベルト様。暗殺者なんかに任せたら苦痛もなく安楽な死を与えるだけでなんの罰にもなりませんわ。ここは隅から隅まで調べ上げて、法の下で正しき裁きをじっくり下すべきかと存じますの。そうすれば社会的に何度も何度も、死をも絶する苦しみをお届けできますわ」

「確かにその通りだね。僕としたことが浅慮だったなぁ」

「ロベルト様ったら、うふふふ」

フィベルト家ではよくある会話なのだが、メアリとスカーレットは恐怖に意識を手放しそうになるのを必死に堪えた。

この夫妻の会話が、最愛の妹の友人の手前、かなり控えめに抑えられていたことを知らずに済んだのは、メアリとスカーレットにとって幸運だっただろう。

そして二人はフィベルト家の馬車で自宅まで送り届けられた。

「マーガレットはどうかしら、アンナ？」

「まだお眠りになられております。我々メイドが、交代で片時も目を離しません」

「頼むわね」

ローゼリアは、マーガレットの顔を見ようと久しぶりに部屋に入った。

マーガレットの自室は、とても殺風景だ。

壁一面の本棚には隙間なく分厚い本が並べられている。様々な言語で書かれた経済学、医学、政治学、法学、歴史学の本がそろえられ、ローゼリアもすべてを読むことはできない。

机の上には使い込まれたペンとインクだけ。

そのほかは、マーガレットが眠るベッドのみ。

可愛らしい雑貨もタペストリーも絨毯もない。

それらはすべて、フィベルト家が困窮していた時に売って、代わりに王太子妃教育に必要な本を買ったからだ。

マーガレットはこれらの本をすべて読み込み、知識と教養を高めた。

胸をときめかせる恋物語も、甘い言葉の並ぶ詩も一度も読むことはなく、おそらくこれからもマーガレットがそれを読み、頬を染めることはないだろう。

甘い恋に想いを馳せることも、憧れることすらも許されず、国のために、家族のために年月を捧げた彼女の努力を、あの王太子はたった一言ですべて踏みにじったのだ。

「殿方って、本当に屑が多くて困るわ」

バッディーザ公爵家のデッドも、マーガレットがオズワルドに婚約破棄を言い渡された被害者であることは知っているはずだ。

それなのによくもまあマーガレットの目の前で同じ醜態を晒せたものだと大きなため息をつくと、ベッドに眠るマーガレットがわずかに動いた。

「……お義姉様？」

「あら、ごめんなさいね」

起き上がろうとするのを制したが、マーガレットはベッドの上で身を起こすのをやめなかった。

「あの、私は……馬車に乗っていたことは覚えているのですが……」

うつむくマーガレットに、馬車のなかで倒れ、一緒に乗っていたメアリとスカーレットが心配していたことなどを伝え、待機していたアンナに温かいお茶を頼んだ。

「それで、その馬鹿な婚約破棄をした御子息と、それに巻き込まれた気の毒な令嬢方について調べはついたかい？」

「ええ、ロベルト様。婦人の会の皆様が快く教えてくださいましたわ」

テティ・バーニー子爵令嬢。

優秀な医師や看護師を輩出しているバーニー家の嫡女。

その愛くるしい容姿で縁談が数多く舞い込んでいたが、本人は結婚後も医師として働きたいと強く希望していた。

女性の医師は生涯独身か、結婚と同時に引退することが当たり前だったため、彼女自身結婚は諦めていた。

しかし、二年前に縁談を勧められた近衛兵(このえ)ヴィンセントに一目惚れ。

ヴィンセントもまた、テティに一目惚れして、医師として働く彼女を支え、生涯守っていくとその日のうちにプロポーズをした。

互いの両親も快諾し、円満な婚約となった。

バーニー家は子爵でありながら、平民からも他の貴族からも信頼が厚く、当主自ら、五歳未満の子どもには無償で往診するなどの試みを行っており、領地の子どもの死亡率は国内でも非常に低い。

テティもそんな父に憧れて医師を目指しているらしい。

一方のレミア・フィーズン伯爵令嬢。

正義感が強く、男性にも臆することなく意見を述べる姿は「白銀の姫君」と呼ばれ、女性からの羨望を集めている。

特に乗馬の授業の際に着用するスキニー姿は、学部外からも見物人が出るほどの人気ぶりである。

フィーズン家は騎士の一族だが、現当主が行商を主とした商売を始め、いまやフィーズン商会としてこの国になくてはならない存在となっている。

食料や毛皮を運びながら過酷な道を進む行商人は、賊や獣に襲われるリスクが高い。

だからこそ、剣を振るうことに人生を捧げ、馬の扱いにも長けたフィーズン家は、戦の時代が終わった後、自ら積荷を守りながら運ぶ行商業に目をつけた。

結果として国に多大な利益をもたらし、フィーズン商会は日に日に大きく強くなっている。

そしてデッド・バッディーザ公爵令息。

バッディーザ公爵家現当主が事故で先妻を亡くした後、迎えられた後妻の息子で、第三子息にあたる。

長男、次男は先妻の忘れ形見で、長男はすでに婚姻を済ませており、近年家を継ぐことが決まっている。

公爵家を継ぐことができない三男のデッドは、遠縁のフィーズン伯爵家に頼み込み、婿入りすることが決まっていた。

ちなみにバッディーザ公爵家はミーマニ王族の分家にあたるため公爵の爵位を賜っているが、特に大きな功績はない。

「デッド殿はなぜ、レミア嬢との婚約に不満があったんだい？　家柄も申し分ないし、レミア嬢も聡明で美しいじゃないか。わざわざ婚約者がいるテティ嬢に横恋慕するメリットがわからないよ。爵位もレミア嬢のほうが上だし……」

「それにつきましてはロベルト様、信じられない理由がございましたの」

ローゼリアは書類を捲り、読み上げる。

デッドの二人の兄は、いずれも親同士が決めた婚約ではあったが、どちらも相思相愛で良好な関係を築いている。

それまでなんの問題もなかったバッディーザ公爵家の縁談だったが、三男であるデッドはそうはいかなかった。理由は、彼自身の人格にあると言わざるを得ない。

デッドは結婚相手を、自分の意のままにできて当然だと思い込んでいる。相手の容姿にケチをつけて、自分の妻はとびきり美しい女でなければと、決まりかけた縁談を一方的に台なしにしてしまうことまであった。

たまらず公爵が自ら各家へ頼み込み、次々断られ続けながらなんとか取りつけた婚約者がレミア・フィーズンである。

「跡継ぎを産む種を頂けるならばそれだけで構いませんわ。私にはもう男という生き物に対してそれ以外価値が見出せませんの」

フィーズン家は国内有数の資産家であり、レミアはその一人娘だ。

幼い頃からフィーズン家に取り入ろうとする、野心の塊のような醜い男たちをたくさん見てきた。ヘラヘラと甘い言葉を吐き散らすに留まらず、無理やり押し倒し純潔を奪おうとした者や、冤罪をかけて結婚しろと脅してきた者もいる。

そんなレミアからしてみれば、デッドは虫除けにちょうどいい、わかりやすい馬鹿だった。

「なぜ私がこんな可愛げのない女と婚約なんて！　私も兄上たちのように好きな人と結婚したいのに、ひどいではありませんか⁉」

デッドは何度も父上に訴えたらしいが、聞き入れられることはなかった。

「デッド殿いわく……女のくせに自分より成績も剣術も上であるからと、それからあろうことか先日の健康診断でレミア嬢に身長を抜かれたことが今回の婚約破棄に踏み切ったきっかけだと、本人が語っていたそうです」

「……とりあえず、頭痛薬飲もうかな」

「こちらに御用意しております」

——本当に馬鹿ばっかりで困りますわ。

「この愚か者が!! なんという馬鹿なことをしたのだ!!」

バッディーザ公爵家の屋敷に、当主の怒声が轟いた。

彼の手にはマーガレットが書いた手紙。

それを息子、デッドがまるで自らの手柄のように差し出してきた時は頭が真っ白になった。

中身を見れば、もはやどこから叱りつけたものかと頭を抱えたくなる事態がズラズラと並んでいる。

一つ、息子デッドがバーニー子爵家のテティ嬢に勝手に惚れ込みつけ回した挙句、彼女に公爵家の御子息を誑(たぶら)かしたという汚名を被せた。

二つ、息子デッドが自分の婚約者であるフィーズン伯爵家のレミア嬢を、学園内で多くの生徒の目のあるなか罵倒し暴力を振るい、婚約破棄を一方的に言い渡した。

三つ、息子デッドがその婚約破棄の騒ぎを聞いて駆けつけたマーガレット公女殿下に対して、さらに茶番劇を続けた。

手紙には書かれていなかったが、おそらくフィベルト公王夫妻は三つ目に激怒していることだろう。

オズワルド王太子から婚約破棄を言い渡された被害者であるマーガレット公女殿下の心の傷に、塩を塗ったも同然の行為なのだから当然だ。

そもそも、バッディーザ公爵家は現在とても危うい立場にある。

バッディーザ家が公爵の地位を与えられたのは、ミーマニ王国王家の分家であるためだ。

フィベルト公国には、バッディーザを公爵の座に置いておく理由はない。

それでも公国に移ったのは、ミーマニ王国に未来がないと悟ったからだ。

公爵として何一つ不自由のない生活をもたらしてくれた祖先に感謝はしているが、あの泥舟同然の王国とともに沈むのは御免だった。

幸い、爵位相続の法律で公爵位のまま移住できたが、いつ公爵の座から落とされるかわからない。

今のうちに少しでも公国に貢献して、せめて伯爵位には残れるよう努力してきた。

そのことはデッドも含めて息子たちにこんこんと言い聞かせてきたつもりだったのだが、この有様だ。

もはや平民落ちも覚悟しなければならないが、長男はすでに結婚——、次男も婚約者と良好な関係を築いており、結婚式の準備も進んでいる。

亡き先妻の忘れ形見を、巻き込みたくはない。

「デッド、部屋に戻りなさい」

「は、はい」

どんなに怒鳴りつけてもポカンとしていたこの末息子は、自分のしでかしたことの大きさに気づいていないようだ。

国内有数の資産家フィーズン家と、医療により多くの民から支持を集めているバーニー家を虐げ、公女殿下への侮辱までしでかしてなぜわからないのか、もはや息子が哀れだ。

長男次男と妻、使用人たちに事情を説明してから、公爵はデッドの部屋に向かう。

部屋で呑気にくつろいでいるデッドの姿は、父親としてわずかに残った慈悲の心を粉々にした。

「これを飲め。デッド・バッディーザ、せめてその名は墓石に刻んでやろう」

突き出したのは、毒杯だ。

もはや、デッドの亡骸を公王に差し出し、バッディーザ公爵の地位をともに返上するしかない。

侯爵位だった先妻の実家には、長男と次男を養子に入れてほしいと書をしたためた。

これが、父親としてできる最大限だ。

「ち、父上……これは……！」

毒をいれる杯は、蛇の紋様が描かれたものを使うのが習わしだ。

蛇は死神の遣いであり、苦しむことなく輪廻の輪に死者を導くという意味を持つ。

真っ青になりガタガタと震えるデッドには、なんの慰みにもなっていないようだが。

「わ、私が何をしたというのですか⁉」

「それがわからないのも貴様の罪だ。あとはあの世の裁きに身を委ねなさい。これが最後だ……飲め、デッド・バッディーザ！」

毒杯による裁きは貴族にとって名誉でもある。

ここで潔く杯を呷れば、彼は誉れ高きバッディーザ公爵家の一族のまま人生を幕引きできるのだ。


数分後、ドサリと音がしたのを確認してから、あらかじめ部屋の外で控えていた執事が部屋に入ると、床に倒れていたのはバッディーザ公爵当主だった。

そして大きく開け放たれた窓に、手つかずの毒杯。

すぐに使用人総出で屋敷中を捜したが、デッドは見つからなかった。

バッディーザ家は、阿鼻叫喚に包まれた。

倒れていたバッディーザ公爵は気を失っていただけで、命に別状はなかった。

毒杯を運んだ小さな盆が床に落ちていて、木製のそれにヒビが入っていたため、デッドはそれで公爵の頭を殴り逃走したのだと考えられる。

小さく軽い木製の盆だったことが幸いだったが、これがもし大きな銀製の盆などもっと硬く大きいものだったら、本当に命がなかったかもしれない。

無事だったことはあくまで結果論で、これは立派な殺人未遂となる。

「公王陛下に御報告しなければ!!　デッド様がミーマニに逃亡でもすれば、戦争になりかねませぬ!!」

「フィーズン家を襲う可能性もあるぞ!!」

「嗚呼!!　恐ろしい!!」

お家取り潰し、戦争、極刑……

様々なおぞましい想像が使用人たちの頭を駆け巡るなか、一頭の馬に乗った少年が公爵家の門を叩いた。

「お忙しいところ恐れ入ります。私、ロベルト公王陛下より皆様のお力になるよう仰せつかりました、シリウス・ルーバーと申します」

時はさかのぼり、デッドがマーガレットからの手紙を持って学園を飛び出した直後のこと。

足を捻挫していたレミアは救護室で手当てを受けることになり、念のためテティも掴まれていた腕などを診てもらうことになった。

レミアの捻挫もひどかったが、テティの肩にも手形がくっきり残るほどの痣が残っていた。

袖の上からだったせいか、デッドも加減がわからずに力任せに握り続けていたようだ。

婚約相手は平民とはいえ、婚姻前の女性が恋人でもない男に触れられた痕を体に残したままにしておくのはまずい。

さらにデッドの場合、その責任を取る、というかたちで強引に婚約させられてしまう可能性もある。

そのためデッドが気づく前に痣を消す治療を施す必要があり、少し時間がかかった。

その間、マーガレットは人払いをした部屋に、シリウスをミカエルとともに呼び出した。

「突然ごめんなさいね。頼みたいことがあって……」

「はい、なんでも言ってください!! なんでもします!!」

「坊っちゃま、お言葉遣いをきちんとなさってください」

マーガレットはシリウスたちに、先ほどの顛末を説明した。

「デッド様は公爵家……権力を持ち出されたらテティ嬢に逆らう術はないわ。それに怪我をさせられたレミア嬢も心配なの。バッディーザ公爵閣下は何度かお話ししたことがあって、とても厳粛で誠実な方だったから大丈夫だと思うけど、デッド様が一人で行動してしまった場合が心配なの」

「なるほど……では、俺……じゃなくて私は今日の授業はすべて終わりましたので、これから早退し、フィーズン家とバーニー家に事情を説明してまいります。それとロベルト様とローゼリア様にも説明して両家に護衛を派遣致しましょう。おそらくローゼリア様なら、学園長として生徒を守るために、と一筆書いてくださるはずです」

ちょうどシリウスは、ローゼリアからプレゼントされた馬に乗って登校していた。

乗馬の腕もお墨つきをもらったため、ミカエルと分担すれば三家を回ることも難しくはない。

そう説明すると、マーガレットは安心したように微笑んだ。

「ありがとう……とても助かるわ。ではフィーズン家とバーニー家にお渡しする手紙を急いで書くから待っていてね」

持っていた鞄から手際よく便箋と万年筆を取り出すマーガレットを、シリウスは不安げに見つめていた。

「マーガレット様……！」

シリウスは思わず、その白く細い手を取ってしまった。

マーガレットは、キョトンとしながらも微笑んでいる。

「無理はしないでくださいね。俺はマーガレット様のためならいくらでも頑張れます!! マーガレット様が大好きだから、頼ってもらえるとすごく嬉しいです!! だから、もっと頼ってくださ い!! マーガレット様に頼られたいって、力になりたいって思ってる人は、貴女の周りにたくさんいますから!!」

両手でしっかりと手を握り、目を見て真剣に告げると、マーガレットはしばらくポカンとしていたが、突然顔を真っ赤にしてキョロキョロと目を泳がせる。

「わ、わかったわ……そうする、から……その……」

「え？　なんですか？　はっきり言ってくださらないとわかりませんよ？」

「えっと……その、手を……」

シリウスは明らかにわかっているが、決して手を離さない。

「あの……だから……」

「聞こえませんよ？　もっとはっきり……痛い‼」

ゴツン、とシリウスの脳天にミカエルが拳骨を落とし、痛みで緩んだ隙にやんわりと二人の手を離させる。

「大変微笑ましいご様子で、私個人としてはもっと眺めていたかったのですがそろそろ止めないと私も命が惜しいもので。あと私の存在を完全に忘れているのに若干苛立ちました」

「うぅ……ごめんなさい……ロベルト様とローゼリア様には言わないで……」

マーガレットが急いで手紙を書き、シリウスはミカエルに首根っこを掴まれたまま、引きずられていった。


「あ、マーガレット様。おかえりなさいませ」

「お待たせしてごめんなさいね、メアリ」

救護室に戻ってきたマーガレットを出迎えたメアリは、マーガレットの顔がリンゴのように赤くなっていることに気づいたが、何も言わなかった。

「マーガレット様、お茶を一杯いかがですか？　お疲れでしょう」

「あ、ありがとう。いただくわ」

そしてミントのアイスハーブティーを飲ませ、真っ赤な顔をスカーレットに見られる前に冷ますことに成功したのだった。

優雅に礼をした見慣れぬ黒髪の少年は、フィベルト家の紋が押された〝シリウス・ルーバーにデッド・バッディーザの監視と報告を命ずる〟と記された書を見せた。

その紋も透かしの入った紙も、公王しか使用を許されないもの。

執事長はインクの滲みまで確認して、間違いなくロベルトが書いたものだと判断した。

少年――シリウス・ルーバーの堂々とした姿と、指先まで洗練された仕草。

公爵家の執事として、上位貴族を幾人も見てきた彼も、ここまで洗練された礼節を持つ人間は、滅多に見たことがなかった。

その姿に、執事長は公爵に代わり、シリウスに従うよう使用人全員に言い渡した。

「迅速なご決断に感服致しました、執事長殿。では、早速ですが皆様、こちらを公爵家にあるすべての蔵や備蓄倉庫の窓から放り込んでください。そして各自、出入り口に待機。さすれば五分足らずで、デッド様は自らお姿を見せてくださるでしょう」

シリウスはにっこりと微笑んで、木箱のなかからあるものを取り出し、全員に配った。

そして五分後。

「誰か!!　誰か私を助けろ!!　うわああ!!」

情けない喚き声とともに、蔵から飛び出したデッド・バッディーザは、身柄を確保されたのだった。

「というわけで、残念ながら無傷でデッド・バッディーザ公爵子息の確保、完了致しました。本当に残念ですけど」

《ご苦労様、シリウス。いや、本当に残念だねぇ。小指とか軽く折ってない？》

鞄から伸びるコードに繋がる無線機から、ロベルトの声が聞こえる。これもシリウスの発明品だ。バッディーザ公爵の屋敷にいながら、フィベルト公王邸のロベルトと直接会話ができる。勇者の知識とは、本当に便利なものだ。

「折ってなかったですねぇ。ミカエル、ちょっとポキッとやってきてもいい？」

「いけません坊っちゃま。完璧に無傷な状態で捕獲……おっと失礼、保護できたことで、バッディーザ公爵家からの坊っちゃまへの信頼を確かなものにすることができたのですから」

《うん、もう捕獲で構わないよ》

マーガレットの頼みでフィーズン家とバーニー家を巡り、ロベルトたちのもとへ報告しに向かったシリウスは、フィベルト家と一番距離が離れているバッディーザ公爵家の監視を命じられた。執事に見せた書状は、念のためにとロベルトから預かっていたものだ。

ちなみにデッド捕獲に使ったのはシリウス特製、「ぜんまい式カサカサGくん」！

木片を滑らかな楕円形に削り、真っ黒に染め上げて、とある虫に似せたものだ。内部にはぜんまい式の車輪が搭載されており、触覚に模したスイッチを引っ張ると、カサカサと動きながら地面を走り回る恐怖アイテムである。

「メイドが三人失神したのは喜ぶべきかな？　ミカエル」

「製作者としては喜んでよろしいかと存じますが、貴重な人手を減らしてしまったことは反省なさいませ、坊っちゃま」


デッド・バッディーザが騒ぎを起こして三日が経った。

彼が収容されているのは、平民用の牢屋だった。

石造りの部屋に小さな窓が一つ、硬いベッドと小さなテーブルが置かれているだけの簡素なもので、唯一の娯楽はテーブルに置かれた聖書のみ。

食事は朝と夜の二回、茹でた芋と薄いスープ。

「私は公爵家の子息だぞ!?　まるで奴隷ではないか!?　なぜだ!!」

デッドの叫びに、見張りの兵たちは嘆息した。

清潔な寝床と温かい食べ物が毎日提供され、やかましく喚き散らしても鞭一つ打たれることのない奴隷が一体どこの国にいるのだろうか。

近隣国ではまだ奴隷制度の完全廃止が成し遂げられておらず、デッドの言葉は彼の無知と愚かさを自ら露呈しているようなものだった。

そして一週間後。

「ローゼリア公妃殿下の御成りである!!　罪人デッド、頭を垂れ、控えよ!!」

牢の鉄格子越しに現れたのは、装飾の少ない紺色のドレスを身にまとい、髪を結い上げたローゼリアと、藍色のドレスを着たレミアだった。

「レミア!!　貴様の差し金だな!!　よくも私をこのような目に……どこまでも醜悪な女め!!　天罰が下るぞ!!」

どうやら彼にはローゼリアがまったく目に入っていないようで、鉄格子の隙間からレミアを指差して怒鳴り散らすデッドの姿に、その場にいた全員が呆れ返った。

「ご機嫌麗しゅう、バッディーザ公爵家の末裔デッド。貴方をここに入れるよう命じたのは私ですわ。……あらあら、それでは天罰が下るべき醜悪な女とは私ということになるのかしら？　まあ、恐ろしいこと」

扇子で口元を隠してクスクスと笑うローゼリアから冷気のような圧が突き刺さり、デッドは真っ青になった。

「冗談ですわ。今日は貴方に朗報をお持ち致しましたのよ。フィベルト公国公妃、ローゼリアが二人の婚約の白紙化を命じます」

婚約の白紙化、つまりデッドとレミアが婚約者だった事実をなかったことにするということだ。

「ほ、本当ですか妃殿下!?　私はようやく、この忌々しい女から解放され、愛するテティと結ばれるのですね!!　ありがとうございます!!」

ローゼリアはただただ微笑み、レミアを促して食事を渡すための小さな窓越しに書類を入れさせると、デッドにサインを書かせた。

それらをすべて確認してから二人の目の前でフィベルト家の印を押し、書類の束を丸めて蝋印で留める。

「これで婚約は完全に白紙化されました。お二人は今、この瞬間から会ったこともない他人となります。よろしいですね？」

「もちろんです‼」

「かしこまりましてございます。ローゼリア妃殿下、お忙しい中私たちのために貴重なお時間とお手間を割いていただき恐縮にございますわ。妃殿下への御礼は日を改めて贈らせていただきます。それでは私はお先に失礼致します、御免遊ばせ」

そして、レミアと入れ替わりに入ってきたのは、テティだった。

「テティ‼　私の愛しいテティ‼　ようやく迎えに来てくれたんだね‼　私は信じていたよ、もうあの女の呪縛から私は解き放たれた！　さあ二人でここを出て結婚式を挙げよう‼」

「ローゼリア公妃殿下、お招きいただき恐悦至極にございます。少々羽虫がわずらわしいかと存じますがご容赦くださいませ」

テティはローゼリアのほうを向いて深く礼をしてから、やかましく喚くデッドへ鉄格子越しに笑顔を向けた。

「デッド様。レミア・フィーズン伯爵令嬢との御婚約を白紙に戻されたとお聞きして、貴方様にどうしても直接お話ししたいことがあってまいりました」

胸の前で祈るように組んだ手。潤んだ瞳と、高揚で赤くなった頬。

人形のように愛くるしいテティの姿に、ローゼリアは思わず感心してしまった。

――まあ、お上手ですこと。

デッドはすっかり舞い上がり、テティの唇から紡がれる言葉を生唾を飲んで待っている。

そして、テティの桜色の唇が開かれた。

「デッド様、私は貴方様をずっとずっとお嫌い申しておりました。貴方様と過ごす時間は鳥肌が止まらず、そのいやらしい言葉は耳にまとわりつく羽虫のよう。しかし、貴方は公爵家のご子息……子爵の娘でしかない私は必死に愛想笑いを浮かべて、時間の神様に少しでも早く時計の針を進めていただくよう、お祈りすることしかできませんでした。……そんなつらい日々も、この瞬間で終わりだと思うと、踊り出したくなってしまいますわ。もう貴方と会うことも声を聞くこともない、それはなんて素晴らしいことでしょう。今、私はとても幸せです。嗚呼、早く愛するヴィンセント様の逞(たくま)しい腕に抱きしめていただきたいですわ。デッド様、永遠にさようなら。貴方の人生から私の存在が一刻も早く消えてなくなることを心よりお祈り申し上げます」

固まった。

テティの熱い告白を聞いたデッドは、凍りついたように固まった。

テティは積年の思いを告げたような晴々とした面持ちだ。

ローゼリアはこの感動的な告白の場面に心から感動し、これをフィベルト公妃の名において永遠に語り継いでいこうと固く誓ったのだった。

デッド・バッディーザによる婚約破棄騒動は、ひとまず解決となった。

婚約者だったレミア・フィーズンとはローゼリア公妃の名のもとに婚約の白紙化が成立。

その後、バッディーザ公爵家は爵位降格処分となり、伯爵に爵位を改めることとなった。

爵位の家名は、その地位が与えられる際に、それに連なる者から一文字ずつ賜るため、上位貴族になるほど名が長く文字数も多い。

しかし、降格処分となった場合はその分の文字を減らすのだ。

バッディーザ公爵家は王族の分家に連なる家だったため、降格に伴い王族から賜った文字をすべて消し、家名をバーディ伯爵家と改めることとなった。

それに伴い、現当主が長男に引き継がれることも決定した。

長男のラルフは妻とともにバーディ伯爵家を担っていくこととなった。

次男のロイドは、兄を支えつつ領地の一部を管理することになり、問題がなければ結婚とともにその領地の正式な領主となる契約を結んだ。

そして元凶である三男デッドへの処罰は、バッティーザ家からの廃嫡。

しかし平民として市井に放り捨てては民に危険が及ぶ可能性があると判断されたため、隣国の傭兵所に送られることが決まった。

兵士として認められれば出所することができるが、そのためには筆記と実技のどちらも厳しい試験を受けなくてはならない。

その上、デッドは隣国の言葉の読み書きがほとんどできない。

貴族としては必修科目だが、公爵家の威光を振りかざし、使用人や下位貴族に押し付けてきていたらしい。

　彼が外に出られる日は、遠いことだろう。


　デッドの起こした騒動が収束した後、マーガレットはぼんやりすることが多くなった。

　心配になったローゼリアがスカーレットとメアリに手紙で尋ねたところ、学園内でもぼんやりと考え込んでいたり、小さくため息をついたりすることが多いようだ。

　二人もマーガレットが心配で、それとなく何かあったのかと尋ねたという。

　しかし、マーガレットは「心配かけてごめんなさいね」と微笑んで、それからはパッタリと考え込む姿もため息をつく様子も見られなくなったため、二人は余計に不安になったらしい。

　二人からの手紙には、文面は異なるもののどちらにも「もっと言葉を選ぶべきだった。余計な気を遣わせてしまって申し訳ない」という内容が書かれていた。

「あの子の悪い癖だよ。なんでもかんでも我慢するんだから」

　ロベルトは行儀悪く机に肘をついて、子どものようにムッとむくれた。

　部屋にはロベルトとローゼリアの二人だけ。

　そんな時、ロベルトは時々子どものような態度を取ることがある。

　だらしなく足を組んで、机に肘をつきながら「大体マーガレットは昔から……」と妹の愚痴を呟いている姿は、今や『氷結の王』と呼ばれている公務での姿からは想像もできない。

「下手に回りくどく探るよりも、直球で聞いてしまったほうがいいかもしれませんね……」

どう切り出したものか、と部屋で思索していると、遠慮がちに扉がノックされた。

訪れたのは、マーガレットだ。

部屋に入った彼女は、二人に向かって深く頭を下げる。

「ローゼリアお義姉様、先日はありがとうございました」

「レミア嬢とテティ嬢のこと？　私もまた素敵な令嬢とのご縁ができたからとても嬉しかったわ。だからそんなに気にしないで」

そう言うと、マーガレットはやっと頭を上げる。

「お義姉様にそう言っていただけると、嬉しいですわ」

そう言いながらも、マーガレットの表情にはわずかに曇りがあった。

ローゼリアはメイドに頼んで三人分のお茶を用意させた。

「せっかくだから一緒にお茶しましょう？　この紅茶、とてもいい香りで最近のお気に入りなの」

そう促すと、マーガレットも静かに席についた。

ふわりと甘い香りの漂う紅茶を一口飲むと、マーガレットはぽつりと呟く。

「私、もう大丈夫だと思っていました」

ローゼリアは黙って聞いていた。

マーガレットは少しずつ言葉を紡ぐ。

「お兄様とお義姉様と、フィベルト家のみんなと学園のお友達……、シリウスも……みんなとても優しくて……私なんかには本当にもったいないくらい素晴らしい人たちばかりで……私、自分でも驚いていますの。自分がこんなにたくさん笑ったりできるなんて……本当に毎日毎日楽しくて……だから、学園でデッド様とレティ嬢の婚約破棄の話を聞いた時にも、大丈夫だって思ったんです」

マーガレットは紅茶を一口飲んでから、うつむき、声を震わせた。

「あの時、オズワルド様のことを思い出して、同じことをしている方が近くにいると思うと怖くて……目の前で、傷つく方が……と思うと……でも私はもう大丈夫だから……助けてくれる友達もそばにいたから……」

カップを持つ手が白くなり、体はわずかに震えていた。

怖いと言いながら、大丈夫とも口にして……言葉が矛盾だらけになっている。

ここまで弱り切っている……弱っているところを見せてくれたのは、ローゼリアの記憶では初めてのことだった。

カップを置くと、ローゼリアは震えるマーガレットを抱きしめた。

「マーガレット、貴女は本当に大丈夫、になってきているわ」

「え……でも……私は途中で、倒れてしまって……」

ぽんぽんと頭を撫でる。

「あのね、私が一番嬉しかったのは、あの時も、今も、貴女が周りの人を頼りにしてくれたことよ。貴女は今までずっとずっと、何もかも一人で抱えてきた。そうしていつか潰れてしまうんじゃないかと、私もロベルト様も、とっても心配していたの。だから……すごく嬉しいのよ。だって、今回だって、何があっても誰かが助けてくれたでしょう？　それは貴女が皆を助けてきたから……それが返ってきたのよ」

何度も何度も、頭を撫でる。

「貴女が今までたくさんの人を助けて、優しい言葉をたくさんかけてきたのを私は何度も見てきたわ。貴女が馬車で倒れた時に、スカーレットとメアリは貴女が頭をぶつけないようにずっと支えてくれていたのですって。レミア嬢もテティ嬢も、会う度に私にマーガレット様のお加減はいかがですか？　って聞くのよ。貴女が助けてくれて、本当に嬉しかったって……」

冷たかったマーガレットの体が、少しずつ温かくなる。

「だからね、これからもやりたいことをどんどんやればいいと思うの。何があっても、貴女にはたくさんのお友達も、私たちもいるんだから」

マーガレットはローゼリアの胸に顔を埋め、頭を撫でる手のひらに身を委ねていた。

温かい手のひらと柔らかく包み込まれる感触は、言葉とともにマーガレットの心に染み込んでいく。

気がつけば、マーガレットはローゼリアに抱かれたまま赤子のように眠っていたのだった。

第六章　一つの国が歴史から消える時

その日、シリウスはドラニクス家の遠縁としてオズワルド主催のパーティに招かれていた。

敵情視察として参加してこいと命を受け、ミカエルにドレスを着せてエスコートし、ミーマニ王城にやってきたのだ。

パーティ会場は、とにかく眩しかった。

大きなシャンデリアには蝋燭が輝いて、真っ白な大理石の床が光を反射して部屋全体が光っているようだ。銀食器に楽団の構える楽器、飾られた調度品も輝いていて、眩しくて目を開けているのがつらいほどだった。

貴族のパーティでは蝋燭を大量に灯すことが贅を尽くした饗とされるが、さすがにやりすぎだ。この眩しさでは足下もよく見えない。

「なんか、空気薄くない？」

「きちんと換気していないのでしょうね。この蠟燭の数なら、きちんと空気を入れ替えないとこうなります」

ドレスを身につけ、長い髪のウィッグに美しくメイクを施したミカエルは、どこからどう見ても麗しい淑女だ。

「本日は、お招きいただき誠に光栄にございます」

シリウスとミカエルは、満足そうにほくそ笑むパーティの主催者、オズワルドに頭を下げる。

（これがマーガレット様と婚約者だったのに、マーガレット様に意地悪したり仕事を押しつけて遊び呆けた挙句、ほかの女と浮気した上にマーガレット様がその女に嫉妬して虐めたとか馬鹿みたいな話をでっちあげて、顔殴って形見のイヤリングを踏み砕いて嘲笑ったとかいう最低最悪馬鹿阿呆屑馬鹿王太子か!!　いつか殴る!!)

シリウスは頭を下げながら、初めて見るオズワルドに怒りと殺気をだだ漏れにしていた。

ロベルトとローゼリアから、彼の蛮行の数々を散々聞かされて、今までも怒りを募らせていたのだが、本人を目の前にすると、余計に怒りが込み上げてきた。

ミカエルを値踏みするように眺める視線、シリウスには目も向けず、挨拶の言葉に対しすべて生返事。あからさまに面倒だ、つまらないという態度を隠そうともしない。

パーティの主催者はオズワルドだ。

招待客の挨拶はオズワルドに対してだけでなく、パーティを準備した使用人たちやかかった費用、それらに対しても敬意を示しているという意思表示である。

それなのに主催者がそしらぬ顔というのは、自分はパーティのことは全部他人に任せていました、責任もまったくありませんと公言しているのと同じことだった。

(ほんとにこいつ、無能なんだな)

会場を見渡すと、広いホールのなかはギラギラとした輝きに対して人が少なすぎる。

王太子の周りには腰巾着こと側近候補たちがくっついているから、彼の視界には人が多く見えるのだろうか。

招待客たちも並べられた料理をガツガツと貪っている者、調度品を値踏みしている者、使用人たちに怪しげな取引を持ちかけている者など……まともな客はいない。

挨拶が終わり、ミカエルに勧められて少し料理を味見したが、どれも喉が焼けそうなほど味が

濃い。

素材はおそらく一流のものなのだろうが、味つけに香辛料や調味料を使いすぎている。

しかも飾りつけに金粉がかかっていたり、食用の花びらがどっさりかかっていたりと見た目ばかり派手にしてある。

美味い不味い以前に、口に入れた食材がなんなのかもわからないほどに味つけが濃すぎて、料理のかたちをした調味料が並んでいると言うほうがしっくりくる。

飲み物は赤ワインか白ワインか水。

しかもワインには氷が入っている。

おそらくこれも財力アピールなのだろうが、ほかに方法はなかったのか？

結局、例のゆるゆる娘（エンジェラ）も現れることなく、最悪のパーティは終わった。


「う～、舌がまだ辛い」

「お疲れ様でした、坊っちゃま。こちら、果実水です」

帰りの馬車のなか、シリウスとミカエルは互いの得た情報や感想をすり合わせて報告書を作成した。

ミカエルの用意してくれたほどよい酸味の果実水は、五臓六腑に沁みる美味さだった。

「というわけで最低でしたあの王子殴りたい以上です」

「なるほど、ご苦労だったね。二人ともありがとう殴るのは僕が先だからね」

「ミカエルもお疲れ様。ドレスとっても可愛かったわよあの面のかたち変えてやりましょうねうふふ」

「皆様、報告と私情は分けて話しましょう」

ミカエルの言葉で三人がようやく落ち着いた。

パーティが終わり、その足でフィベルト家にやってきたシリウスとミカエルの報告に、ローゼリアたちは思わず怒気が隠せなくなってしまったらしい。

ミカエルが馬車のなかで書いた報告書と、シリウスが燕尾服に仕込んでおいた録音機はそのまま提出させられ、小型カメラで撮影した写真はすぐに現像するとのこと。

「それと、公王陛下、公妃殿下、少々厄介なものが会場にございました」

ミカエルが姿勢を正して口を開いた。

「厄介なもの？」

「はい。来賓用の食事のなかに、クエンの実を使用しているものがございました」

その言葉にロベルトは眉をひそめ、ローゼリアは扇子で口元を隠した。

「それは、間違いないのかい？」

「はい、実際に食して確認致しました。間違いなくクエンの実です」

クエンの実は、見た目は赤く愛らしい、小指の先ほどの大きさの木の実だ。

果物のようだが、味は酸味が強くぴりっとした辛さがある。

そのため、鳥や動物たちはまったく食べようとしないことから『食えん』と名が付いた。

しかし、その味とカリッとした食感から、彩りとして料理に添えられたりサラダに混ぜて使われたりすることも多く、シリウスもルーバー家に引き取られてからクエンの実が入ったサラダはよく食べている。

だから三人がなぜ深刻な顔をしているのか、シリウスにはわからなかった。

「シリウス、クエンの実の何がダメなんだろう、と思っているのかい？」

「え……はい」

怒られるかと思い、知ったかぶりをしようと一瞬思ったシリウスだったが、ここにいるのはそれが通用する人間ではないため、すばやく観念した。

「大丈夫。君くらいの年の子なら、知らなくてもおかしくはない。クエンの実自体はさして大きな問題ではないんだよ。一般に出回ってる食材だしね。……問題は、仮にも王族の主催するパーティで、クエンの実が使われた料理が出されていることなんだ」

ロベルトはふうと一息つくと、紅茶を一口飲んだ。

「クエンの実には、微量だけど堕胎効果のある成分が含まれているんだ。食えん、という名が付くほど動物たちが口にしなかったのは、味だけでなくそれが原因ではないかと言われている」

「堕胎……ですか？」

シリウスは、これまでに学んだ内容を必死に思い返して、その言葉から推理する。

パーティに招かれていたわずかな招待客のなかには、夫婦らしい男女もいた。

貴族にとって、結婚とは血統を残すため、つまりは子を成すためのものであり、それを任命するのが王である。

その王族に連なる、王太子主催のパーティで堕胎効果のある木の実が使用された料理が並んでいた。

「矛盾……してますね」

「その通り。すべての夫婦が納得して結婚しているわけでもない、子を成すために結婚を強いられた夫婦を招いてそんな料理でもてなすのは、あまりにも失礼な話だ」

「実際に、そのことが原因でパーティが血祭りになった前例は多いわ。大きなものから小さなものまで集めると、とっても分厚い本ができるほどよ。さすがに王太子主催のパーティでは聞いたことがないけどね。法律などで禁じられているわけではないけど、暗黙の了解でとても無礼な行為なの」

つまり、あのパーティは一歩間違えれば血を見るところだった。

王太子は、そんなもてなしをしていたということだ。

「で、でもクエンの実は普通によく食べてますよ？　学園の食堂のサラダに入ってたこともあるし……」

「そんなことは関係ないんだよ。確かに、食べたところで一度の食事で摂る程度の量なら効果が出るようなものではない。けれど、王族主催のパーティでクエンの実を出すということは、王族としての責任を軽んじ、放棄したという決定的な証拠になるのさ。普通に食べられている食材だからこそ、そのような場では出してはいけないと徹底的に教え込まれているはずなんだよ」

ロベルトの話を聞いても、シリウスにはあまりピンとこなかった。

「貴族や王族は、民たちの納める税金で生活をしているわ。そのおかげで彼らよりもよい衣食住を得て、代わりに国を支えるという大きな責任を背負っているの。その責任を王族が軽んじ、放棄したと知れたら。もし民がほんの少しだから、と税をごまかしたとしても、彼らを咎められるかしら？」

「……ッ!?」

責任の大きさは関係ないのだ。

その責任と引き換えに、貴族たちは豪華な生活を保障されている。

このくらいならバレないだろう、別に構わないだろうと責任を放棄した事実は変わらない。

「責任というのは目に見えないわ。私たちも今日まで知らなかったもの。だから……ほかにもあるかもしれないわね、放棄された責任が……それこそもっと厄介なものがね」

今日のパーティは、招かれている客が少なかった。

しかし、次はどうか？

小さな綻びを解いていけば、そこから穴はどんどん大きくなる。

「すぐにミーマニ王国を調査して、今日のパーティにクエンの実が出されていたことの裏づけを取ろう」

ロベルトの言葉で、その日はお開きとなった。

この小さな木の実が、ミーマニ王国の歴史を終える一因となることを誰が予想できただろうか――

例のパーティから一週間が経ち、オズワルドは父ベルナルド王から応接室に呼び出された。

やっと自分に王位を譲る気になったのだろうかと、足取り軽く廊下を歩く彼の目に、いつにも増して暗い表情の執事の姿が映るはずもなかった。

応接室に入ると、ベルナルドの向かい側には、同盟国安全保障協議委員会の制服を着た男たちが五人ほどずらりと立ち並んでいた。

「父上。王太子オズワルド、参りました」

「ああ、座りなさい」

オズワルドが腰かけるのと同時に、委員会の者が口を開いた。

「ベルナルド国王陛下は、本日この時を持ちまして王位を退かれることとなりました。それに伴い、ベルナルド様には今後、白の離宮にて余生を過ごしていただきます。オズワルド王太子殿下、父君とは面会、手紙のやり取りも禁止となります。これは決定事項ですのでご了承くださいませ」

「…………は？」

一気に捲(まく)し立てられた言葉を、オズワルドは何も理解できなかった。

彼らは書類を手に、懇切丁寧に説明をし始めた。

ベルナルド王は、フィベルト公国の独立後、徐々に政務をおろそかにしていた。

国民の多くが公国へ移住し、国内の犯罪率は増えていった。それを揉み消そうと多くの賄賂がベルナルドに送られていた。

その時点で本来ならば、委員会に報告すべきだったにもかかわらず、彼はそれを怠った。

理由は、王国の立場をこれ以上悪くしたくなかったから。

彼は、何もしなかったのだ。

するべき報告をせず、しかるべき措置も取らなかった。

咎めるべき行動にも何の対応もしなかった。

小さな火種が大きくなるのを恐れて、それを見て見ぬふりをしたのだ。

そのうちに勝手に消えるだろう、ならば放っておいても大したことはないだろうと。

その結果、火種が広がることはなかったが、減りもしなかった。

火を点けてもすぐに消せば何も言われないと国民が気づいてしまったのだ。

その火種の一つが、先日のパーティでのクエンの実だ。

そこから芋づる式に、彼らの怠慢が明かされていった。国内に犯罪がはびこり、それを賄賂で揉み消し、王はそれを知りながら何もせず、ただ玉座に座っていただけ。

王族たちの公開処刑も検討されたが、下された判決はベルナルドの生涯幽閉に留まった。

旧体制の要人を公開処刑にするのは、民たちの鬱憤を晴らし、新たな体制への士気を高めるための見世物という意味合いが強い。

しかし、そんなことをしなくとも、フィベルト公国はすでに国として成り立っている。

むしろ、公開処刑は公国の穏やかな空気を脅かす可能性もあるとして意味がないと判断されたのだ。

「ベルナルド様は、この後すぐに離宮へとお送りさせていただきます」

「わ、私の王位はどうなる!! 王国はどうなるのだ!!」

オズワルドが詰め寄ろうとするが、委員会が連れていた護衛に止められる。

「今回は特例事項となりますので、前例はございませんが正妃殿下と側妃殿下は離縁という扱いとなります。オズワルド殿下は母君のご生家、クース伯爵家に入ることになります。クース家は跡継ぎがいなかったそうですので、殿下を歓迎なさってくださるかと」

「伯爵……?」

王位を継ぐどころか、伯爵家に入ることになるなど、オズワルドにはとても信じられなかった。

オズワルドにとって伯爵とは、下位貴族とも繋がりを持たなければならず、上位貴族にはごまを擦らなければならない哀れな存在だった。

そんな面倒極まりない立場にならなければならないとは。

王太子という尊い立場から降ろされることも信じられなかった。

父であるベルナルドは何度も声をかけたが、オズワルドは応えず、軽く肩を揺すれば「触るな鬱陶しい！」とその手を払った。

結局、ベルナルドが「最後にオズワルドと言葉を交わしたい」と頭を下げて許された時間はあっけなく過ぎ去り、父子は今生の別れとなった。

最後の瞬間まで、オズワルドが父を見ることはなかった。


白の離宮は、罪を犯した王家の人間を幽閉するための牢獄である。

なかは広く、調度品やたくさんの書物、絵の具や画材もそろっている。

しかし、外の景色を見ることのできる窓はなく、一日に三回食事を運んでくる者は、全身を厚手のローブに包み、ヴェールで髪の毛の一本まで隠し、男なのか女なのかもわからない。

一言も話すことはなく淡々と食事を置いて帰っていく姿は、中身が本当に人間なのだろうかとも思ってしまう。どんなに声をかけてもピクリとも反応しない。

それが白の離宮だ。

そこで三日ほど暮らしたベルナルドのもとに、突然来客が現れた。

ロベルトだった。

「私を嘲笑いに来たのか？」

ベルナルドが三日ぶりに口にした言葉だった。

ひどく乾いた声で、ガラガラと雑音が混じる。

「いいえ。貴方に恨みを言いに来ました」

にっこりと、いつもの笑顔でロベルトは言った。

ベルナルドとロベルトが初めて会った時、ロベルトはまだ赤ん坊だった。

フィベルト公爵家に嫡男（ちゃくなん）が生まれたと吉報が届き、見たこともないえびす顔のローランドが、ふくふくとした男の子を抱いて王城にやってきたのだ。

『見てくれよベルナルド!!　可愛いだろう？　もう言葉がわかるようでな、名前を呼ぶとにこーって笑うんだ！　すごいだろう？　天才だ!!　きっとこの国をよくする素晴らしい公爵になる。今から楽しみだなぁ!!』

ベルナルドとローランドは学生時代の親友で、王位についた後もローランドは友人として接してくれる唯一の存在だった。

目の前のロベルトは、立ち姿や顔の作りはローランドの生き写しだが、しかし冷たい笑顔はちっとも似ていない。

まるでローランドに悪魔が憑りついたようで、ベルナルドはロベルトのことがずっと苦手だった。

「恨み……とは？」

「父を殺された恨みに決まっているじゃないですか」

声もよく似ている。

「殺す？　人聞きの悪い……ローランドは生きているではないか」

「ええ、体は元気ですし生きていますよ。でも僕の尊敬する父は死にました。貴方に殺されたので」

微笑みながら淡々と言う。

クスクスと笑って足をゆったりと組む姿は、マーガレットとの婚約破棄を正式なものにしろと申し出てきた時とよく似ていた。

「父はとても誇り高く、優しい人でした。だからこそ、壊れた時には失望しましたよ。あんな男の血が体に流れているのかと思うと、体中を切り刻みたい衝動にかられてしまって……抑えるのが大変でした」

ころころと微笑む顔は、その言葉が比喩ではないと何よりも雄弁に語っていた。

「でも、なんとなく疑問に思ったんですよ、どうして父はあんなに変わってしまったのかなと。母さんを喪ったショックだと思っていましたけど、それだけなのかなって」

瞳の色だけは、マリアの色だ。

「まさか、貴方が父から母さんを奪おうとしていたとは思いませんでした」

マリアは市井では聖女と呼ばれている。

しかし当時のベルナルドは、マリアを本当の聖女にしようとした。

聖女とは、天に召され、神に仕える天使として教会に認められた女性のことを指す。

それこそ神のような圧倒的存在であり、聖女が存在していたというだけで民が歓喜し奮い立つ。

聖女が生まれた世を統べる王となれば、ベルナルトは歴史に深く名を残すことだろう。

だが、聖女は独身の処女でなければならない。

亡くなった時点で二人の子を産んでいたマリアに、聖女の資格はなかった。

だから、ローランドに取り入ったのだ。

「マリアとの結婚をなかったことにしてほしい。彼女は聖女として永遠に歴史に名を残すことになるんだ。素晴らしい名誉じゃないか。君は元々別の女性と結婚していて、ロベルト君もマーガレットちゃんもその女性との間に生まれた子とすればいい。不貞ではない、初めから結婚していなかったんだから。教会も君が応じてくれるなら、マリアを聖女として登録すると言っている。なに、書面でだけの話だ。心配する必要はない」

マリアとは結婚していない。ロベルトとマーガレットもマリアの子ではない……

そうローランドが認めれば、教会は事実には目をつぶり、特別にマリアを聖女として承認すると宣言したのだ。

ベルナルドは手を替え品を替えローランドを説得しようとしたが、決して首を縦に振らなかった。

ローランドはマリアを心の底から愛していた。

妻としても子どもたちの母としても、彼女以上の人間はいないと思っていた。

再婚どころか、マリアが妻だった事実をなかったことにしろという侮辱を、ローランドは聞き入れなかった。

だから、ベルナルドはローランドの心を削ることにした。

「考えましたよね、父に眠る暇もないほどに仕事を押しつけて体力を削り、やっと取れた休みに押しかけて、ほとんど脅しのような言葉で母との離縁を要求するとは。薬や暴力は後に残りますし、仮にも夫がそんなものに手を染めていたとなれば、いくら特例といっても母さんを聖女にするのは教会がいやがるでしょうから」

だから手っ取り早く、休みを奪い、眠りを奪い、責め立てた。

傷を残さない言葉の暴力で精神を削り、ローランドの心を壊していった。

「しかし、仮にも一国の王がすることとは思えませんね。聖女を生み出すためにその娘を殺めようとするなんて」

ころころとロベルトは微笑む。

憔悴しながらも頑として頷かないローランドに苛立ち、ベルナルドはこう言った。

「君の娘はマリアとよく似ているな。今は聖女でもなんでもないただの女の娘だから、悪さをしようとする人間がいるかもしれない」

そしてその夜、マーガレットは眠っている間に誘拐されそうになったのだ。

ロベルトもマーガレットも眠っていて気づかなかったが、王国が雇ったならず者の仕業だった。

それ以降、ローランドはまったく眠れなくなった。

マリアの忘れ形見が奪われるかもしれないという不安で。

何日も何日も眠れなくなり、何も信じられなくなり、そして、ついに壊れた。

何もかもわからなくなり、心が完全に崩れ去った。

ベルナルドは心底がっかりした。

心が壊れてもローランドは離縁に頷かなかったからだ。それだけは頷かなかったのだ。

「まあ、それでもマーガレットをあの王太子の婚約者にさせてしまったので、僕としてはそこは許していませんよ。でも、父だけを一方的に憎んでいた自分も同じくらい許せないですね」

ロベルトは綺麗な細い指を組むと、それはそれは綺麗な微笑みを浮かべた。

「一番許せないのはてめぇだがな。この屑が」

ゆっくりと立ち上がると、出口に向かって歩き始める。

「僕はそのうち、父に手紙でも書いてみようと思いますよ。マーガレットにも少しずつこのことを話します。あの子は聡いので、もう気づいてるかもしれませんけどね」

ロベルトの声と、コツコツという足音が、広い離宮に響く。

ベルナルドは、一言も声が出せなかった。

「せめて、マーガレットが貴方に壊されなかったことが僕の救いです。貴方は誰からも記憶されず、忘れ去られて、ここで一人で生きてください。あの時、母さんを聖女にするために必死になりすぎて、お亡くなりになった第三王子に会う時間も削られていたとか……もしもその時間を王子にあてていたら……きっと、すべて変わっていたでしょうに」

最後に落とされた言葉の爆弾に、ベルナルドは自分がいつの間にか床に這いつくばっていたことに気がついた。

亡霊だ、あれはローランドの亡霊だ。

「それでは永遠にさようなら。貴方の心に安らぎが、二度と訪れないことを祈っていますよ」

重い重い扉が閉じる音がした。

最後のロベルトの言葉は、ベルナルドの耳から生涯離れることはなかった。


そしてフィベルト邸。

「それで、ミーマニ王国はどうなりましたの？」

「ベルナルド元陛下の実弟であらせられるジルベルト様が、一時的に即位なさることに決まったよ」

ロベルトが帰宅すると、ローゼリアはアンナにホットワインを用意させながら、手元の資料に目を落とした。

ベルナルド元国王の失脚、妻だった正妃と側妃との離縁、何から何まで異例だらけだ。

「……あっさり終わりましたわねえ。計画通りではございますが」

普通ならば、正妃と側妃も別の離宮に生涯幽閉させられることになる。

むしろ国王が貴族たちから賄賂を受け取り国内の犯罪を黙認していたことで、王族もろとも公開処刑に、という案すら出ていた。

しかし公開処刑とは、国民の鬱憤を払うため、それからほかの貴族たちに対し、同じことを繰り返せば次はお前たちがこうなるぞ、と見せしめにするためのものである。

だが、ミーマニ王国の貴族たちの多くはすでにフィベルト公国へ移っており、残った貴族たちは自分たちがより高い地位につき、甘い汁をすするために領民を放って貴族同士で足の引っ張り合いばかりしていた。

賄賂の工面をするために領民に重税を敷いた者ももちろんいたが、早々に自滅した。

そういうことを始める者が出るだろうと予測していたローゼリアとロベルトが、あらかじめ対策を打っていたからだ。

貴族の繋がりには必ず犬猿の仲が存在する。そして虎の威を借る狐も存在する。

彼らに人を使って情報を流したのだ。

敵対する貴族が国民に重税を敷き、それを賄賂に使おうとしている……、その情報を知れば、告発して自分の手柄にしようとするだろう。

そのおかげで重税を敷いた貴族は瞬く間にお縄となり、それに伴い告発した側にも、同じことをすればすぐに足をすくわれると知らしめることができた。

そうして彼らは互いに足を引っ張り合い、仲良く自滅したというわけである。

領民は公国が手厚く保護し、新たな領主には優秀な者を手配した。

民たちにとって一番大切なことは、安全な生活が末永く守られることだ。

民に不満や怒りを抱かせることなく、貴族内の足の引っ張り合いだけで収束させることができているのに、わざわざ公開処刑などと血なまぐさいことを行っても、なんの益も生まないのだ。

正妃と側妃への処罰は、正妃であるディージアにローゼリアの母親であるリアロッテが、しばらく国政に関わらないよう釘を刺していたことも功を成して、国王との離縁と、かつて国王の妻であったという記録をすべて白紙に戻すことに決まった。

つまり、彼女たちが新たに子を成してもその子どもに王位継承権はない。

オズワルドは、王太子からの廃嫡（はいちゃく）と王位継承権の剥奪。子にも継承権はないと正式に発表された。

そしてまもなく行われるフィベルト公国建国祭のフィナーレである建国式で、現ミーマニ王国国王ジルベルトからロベルトへ、ミーマニ王国に残ったすべての国土をフィベルト公国に授け、王城も含めすべて公国に譲渡することになっている。

ミーマニ王国は華々しく、そして緩やかに。地図から、歴史から名が消えることが決まったのだ。

「まあまあ、あっけないこと」

「それで、学園での演劇の台本を書かせていただくことになりましたの」

そうマーガレットが嬉しそうに話し始めたのは、夕飯の席でのこと。

建国祭で、学園の講堂を一般公開して、生徒たちが演劇を披露することになったのだ。

「演目は決まっているんだよね？」

「はい！『聖剣と神の試練』に決まりました」

「へえ、いい演目じゃない」

『聖剣と神の試練』は、世界を創造した神から神託を受けた少年が、火、水、土、雷を司る四人の神々からの試練を乗り越えて、魔王を倒すための聖剣を手に入れる物語で、この大陸では貴族から平民まで誰もが知っている有名な童話だ。

地域によって、神々の与える試練の内容が違ったり、聖剣を手に入れた時点で世界に平和が訪れたり、聖剣で魔王を倒すところまで書かれていたりと展開も様々だ。

今回の劇では男子生徒が主人公を演じるが、本によっては女性や姫君が主人公として書かれていることもある。

国の特色を盛り込みやすく、貴族も平民も楽しめる物語として建国祭にぴったりだと満場一致で選ばれた。

「僕が読み聞かせてもらった絵本では、神の試練に謎かけがあって面白かったなぁ」

「私の実家にある絵本では、神様が龍のお姿で描かれていたから、教会の女神像を見てびっくりしていたってお母様から何度も笑われたわよ」

絵本や語りで少しずつ印象が変わるおとぎ話を演劇にする、しかもたくさんの国々から集まる来賓にも見せるものとなれば、万人に受け入れられやすい物語に仕上げなければならない。

そこで、王太子妃教育で自国のみならず他国の言語や風習、歴史や宗教にも深い知識のあるマーガレットが台本を書くことになったそうだ。

「それで、お芝居を二つに分けてはどうかと先日、実行委員の会議で発案がありましたの。講堂で上演する劇は招待客としてお招きする貴族向け。もう一つは校庭にステージを建てて、そこで一般市民のお客様に自由に見ていただきたいと。こちらがその企画書ですわ」

分厚い書類には予算なども細かく記されていて、想定できるトラブルにどのように対応するかも具体的に記載されていた。

「この内容なら許可できるけれど、台本はどうするの？」

「同じ童話がベースなので少し手なおしする程度ですわ。それに生徒の皆さんにもたくさん案を出していただいたので、意見を聞きながら書こうと思っていますの。とっても楽しいんですのよ」

本当に嬉しそうに微笑むマーガレットに、ローゼリアとロベルトは「無理はしないように」と言うしかなかった。


それからマーガレットは毎日活き活きとして、とても楽しそうだった。

夕飯の後のお茶の時間は、学園でどんなことがあって、なにが楽しかったかという話が止まらず、アンナから「マーガレット様、お話はまた明日にして、そろそろお休みになられてくださいまし」と口を挟まれるまで夢中で話し続けている。

少し前なら、考えられなかったことだ。

オズワルドの婚約者だった頃は、ロベルトが何を聞いても「問題ございませんでした」の一言しか返ってこなかった。

婚約破棄された直後は、マーガレットはすっかり黙りがちになってしまい、ローゼリアがあれこれとしゃべって聞かせていた。

それが、今は自分から他愛のない話を、時間を忘れてしゃべっている。

その姿は眩しく、とても愛おしいものだった。

そんな姿を見ていると、ローゼリアは痛感する。

マーガレットは心から国を愛し、民を愛している。

だからこそ、あんな（元）王太子と婚約者でいられたのだろう。

国と、そこに住む人々が好きで、それを守る力と知識が自分に蓄えられていくことが本当に楽しかったのだ。

次期王太子妃という立場から解き放たれたことで、今まで王太子や国王の手前、押さえ込んでいた力を思いっきり振るっている。

その姿は学園の生徒たちを通じて国民にも安心を与え、マーガレットという公女の存在を強くしていた。

ミーマニ王国では、マーガレットの存在を脅威に感じる者も多かった。

知識を蓄えるだけでなく、それを正しく使うためにはどうするべきか、と思案し続けるマーガレットは、脛に疵を持つ者たちにとっては、恐ろしい怪物に見えたのだろう。

しかし、今ではロベルトとローゼリアという、慈悲もなくためらいもなく法と権力を振るうさらに恐ろしい怪物、いや魔王が現れてしまったのだ。

もはやマーガレットなど、可愛らしいものだろう。

だからこそ、マーガレット一人に向けられていた悪意はほとんど消え去り、彼女がさらにのびのびと微笑むことができるようになったのだ。

それは、ローゼリアとロベルトにとって、何よりも嬉しいことだった。

マーガレットの書いた台本は、生徒たちに大好評だった。

貴族向けの劇は、国の信仰する動物やそれにまつわる逸話を交え、厳かで神聖な雰囲気に仕上がり、一般向けの劇は主人公に立ちはだかる試練が子どもでもわかる謎解きになっていて、飽きさせない楽しい内容になっている。

配役も決まり、学園内は舞台道具や衣装を作ったり、稽古に励んだりととても賑やかになった。

スカーレットは小道具の大きな旗を巧みに使って、しなやかな身のこなしで誰もが見とれるような舞を踊ったが、台詞を読むことは大の苦手だった。神秘的な風の神の役なのに、声がハキハキと力強すぎて、勇者役の青年よりも猛々しく見えてしまうのだ。

逆に、落ち着いた性格のテティ嬢はその美しい声で意外な演劇の才能を見せたが、大きな立ち回りに苦心していた。

マーガレットはそんな様子を見ると、二人で練習するよう助言した。お互いに打ち解け、アドバイスをし合うようになった二人はぐんぐん上達していった。

舞台を支える裏方であるメアリとレミアは、お互いの友人を見守りながら衣装を縫ったり、舞台のセットを作ったりと、大いに活躍している。

シリウスも役をもらえることが決まった。

主人公の前に何度も現れ、不思議な歌を歌う吟遊詩人の役だ。

彼の歌は試練を乗り越える鍵となり、その正体は主人公に神託を授けた創造神の御使いだった……という、なかなかの重要な役をもらえたシリウスは、学園から借りたリュートを毎日弾き、何度も歌を練習した。

最近はロベルト夫妻に協力して方々を駆け回ったり、ルーバー家でも料理に挑戦したり（いつもルーバー夫妻が喜んでくれるので、ますます凝り始めている）と、マーガレットと直接関わる機会が減ってしまっていたこともあり、今回の劇ではかっこいいところを見せたいと意気込んでいる。

シリウスは観客代わりにかたわらに置いた、マーガレットお手製の犬のぬいぐるみ、マディスを撫でてから、楽譜に向きなおった。

その日も、リュートを持ち帰り帰路についていると、思わぬ出来事が起きた。

「ちょっと!!　どうして私の家に入ろうとしてるのよ!!」

屋敷に入ろうとするシリウスとミカエルを引き留める、盛りのついた猫のような声が響いた。

元はこのルーバー家の娘だった、エンジェラだ。

エンジェラは数多くのボーイフレンドたちの家を転々として暮らしていたが、ローゼリアが続けている不貞な男への制裁によって、このところだんだんと擦り寄る相手がいなくなっていた。

適当な男の家を一夜の宿に見繕うか……とふらついていたところ、屋敷の明かりがついていないのを見て、金貨の一枚でもくすねられないかと、生家に唾を吐くような目論見をしていたところだったのだ。

サッと自分をかばおうとするミカエルを制し、シリウスはゆっくりと息を吐いてエンジェラに向かい合った。

「失礼ですがここは私の家です。ルーバー男爵家子息、シリウス・ルーバーに間違いございません。部外者はお帰りください」

わざと怒りを煽るように言うと、エンジェラはシリウスを値踏みするようにじろじろと見つめた。

そして数秒ほどなにか考える様子を見せると、瞳にうるうると涙を溜め、体をくねらせながらすごい勢いでシリウスに擦り寄ってきた。

すんでのところでミカエルが止めたが、構わずにミカエルにもその豊満な胸を押しつけて媚びた目を向ける。

「かわいそう!! 貴方はパパとママに騙されているのよ!! 私と一緒に来て!! 私が貴方を助けてあげるわ!!」

そこからエンジェラの妄言が始まった。

まとめると、王太子と禁断の恋に落ちてしまった自分の気持ちを理解してくれなかったひどい両親は、嫉妬心からエンジェラを虐めていた公爵令嬢の機嫌を取るためになんの罪もないエンジェラを追い出した。

そんなエンジェラを王太子は愛の力で見つけて救い出し、城に匿ってくれていたのだが、狡猾な公爵令嬢が王家を陥れ、国を蹂躙した。

王太子とその勇気に賛同した仲間たちは、諸悪の根源であるフィベルト家を討つために同志を集めている。きっとシリウスのことも歓迎してくれるだろう……ということらしい。

「ミカエル、頭痛が痛い」

「坊っちゃま、お言葉がおかしくなっております。この女に毒されてはなりません」

シリウスはいずれ暴走するであろうエンジェラの囮役をロベルトに任されていたため、思惑通りではあるのだが、予想以上に脳内お花畑な発言を食らい頭が割れそうになる。

「それは、おつらかったですね、ミス・エンジェラ」

「エンジェラって呼んで?」

警戒を解いたふりをするとエンジェラがすばやく抱きついてきて、シリウスは笑顔の仮面をピッタリと顔に張りつけた。

腕にぐにぐにと胸を押しつけられている。数々の男たちを篭絡(ろうらく)してきた浪漫の塊だ。

だが旅の最中に娼婦に捕まり、無理やり触らされた挙句に金を要求された経験が何度もあるシリウスにとっては、腹の肉を押しつけられているのと大して変わらない。

それに、以前紳士の教養として香水の銘柄と匂いを覚えさせられたが、エンジェラからはその時覚えたなかでも特に高価な香水の匂いがする。

一瓶でルーバー家に雇われているメイド一人の年収ほどになる高価なものだったが、頭からまるごとかぶったのではないかというほど強く香った。

ちらりとミカエルを見ると「はっくしゅん。おや、風邪でしょうか困った困った、はっくゅん」と棒読みで言いながらハンカチで鼻を覆っていた。

今夜のデザートはミカエルの分も食べてやると強く誓ったシリウスだった。

「エンジェラ嬢、おつらいのによく打ち明けてくださいました。ありがとうございます」

そう言って微笑んでみせると、エンジェラは潤んだ瞳で見つめながらさらに抱きついてくる。

「そ、そんな……私は当然のことをしたまでですもの」

頬を赤らめながら瞳に涙を溜めて上目遣いをしながら小刻みに震えるというなんとも器用な動きだった。どういう体の構造をしているんだろう、と少し現実逃避しながらシリウスは鞄からあるものを取り出す。

　こういう時がきたら「ゆるゆる娘に持たせるように」とローゼリアから渡されたもので、小さなルビーを組み合わせて薔薇のかたちにしたブローチだ。なかにはシリウスが作った、盗聴機能付きの発信機が仕込まれた美しい花である。

『宝石がはまっているだけでは、外して売り飛ばしてしまうかもしれないもの。これならバラバラにすると価値が下がると一目でわかるし、甘い言葉の一つも添えて贈れば後生大切に持っていると思うわよ』

　ほほほ、とローゼリアの笑い声が脳内に響く。

　案の定、エンジェラは薔薇のブローチから目が離せなくなっている。

　シリウスは膝をつき、胸に手をあて、ブローチを本物の薔薇のようにエンジェラに差し出して、とびっきりの笑顔を張りつけた。

「このような冷たい石でできた薔薇の花など、お優しく太陽のような御心をお持ちの貴女には似つかわしくないかもしれません。しかし、これは私が亡き姉から運命の女性を見つけたらお渡しなさいと託されたもの。美しいエンジェラ嬢、どうか姉との約束を違えないために、これを受け取ってはいただけませんか？　そして貴女の気が済むまでで構いませんので、持っていてほしいのです。この冷たい石の薔薇に真の愛が灯る日を、いつまでも夢見ております」

　シリウス自身気づいていなかったが、ローゼリアとロベルトのつけた家庭教師から骨にまで刻まれた笑顔と所作はとても美しく、甘い言葉も含めて数多の男たちを虜にしてきたエンジェラも真っ赤になってしばし固まってしまうほどの出来栄えとなっていた。

「も、もちろんですわ!! 私、一生大事にします!!」

そう言ってブローチをひったくると、エンジェラは走り去ってしまった。

「もう行った？」

「はい、発信機も正常に反応しております」

シリウスはぐったりしながら上着を脱いだ。

「とりあえず、香水の匂い染み込んでるだろうからこれはローゼリア様に提出。シャワー浴びたら報告しに行こうか」

「今日、フィベルト家に行くのは少々危険かもしれません。念を入れて報告書をしたため、急ぎの報告は無線で行いましょう。上着は使いの者に運ばせます」

こうして、シリウスの初任務は完了した。

その後、数日間は平和な日が続いていた。
劇の稽古も佳境に入り、ほとんど芝居はかたちになっていた。
「皆さんすごいんですよ。お兄様とお義姉(ねえ)様に見ていただくのが楽しみです」
「まあ、ごめんなさいねマーガレット。私たち、当日は予定が詰まってしまって……お芝居を見に行く時間が取れなくなってしまったの」

建国祭は一週間かけて行われるが、マーガレットたちの演劇はそのなかの三日間、一公演ずつしか行われない。

どうしても予定を合わせることができなかったのだ。

「すまないね、来賓が予想以上に集まることになってしまって……とても残念なんだけど」

「ええ、見たかったですわねロベルト様……」

夫婦そろってしょんぼりと肩を落とし、周りのメイドたちまですすり泣きをすると、マーガレットが少し考える。

「あの、明日校庭で一般公開する劇の通し稽古をする予定ですの。衣装も着て、本番とほとんど変わらない状態でお芝居致しますのよ。よろしければ見に来られませんか？　生徒の皆さんには私からお話ししておきますわ。お客様がいてくれると張り合いも出て、いい練習になりますもの。ぜひいらしてくださいまし」

「まあ、嬉しいわ！　皆さんがあまり委縮しないように、控えめのドレスで行くわね」

「僕もそうしよう。楽しみにしているよ、マーガレット」

こうして、食後のお茶会の時間は楽しく過ぎていった。

ロベルトとローゼリアの寝室にて、深夜遅くのこと。

「と、いうわけで私たちも会場に行けることになったわ。そちらはどうかしら？」

《残念ながら変わりありません。明日、予定通りに決行するとさっき乾杯してましたよ》

無線機から聞こえてくるのはシリウスの声。

エンジェラに渡したブローチの音声で、オズワルドが舞台や道具に細工をする計画をしていることがわかった。釘を何本か外したり、板に切り込みを入れたり、芝居が進むごとに脆くなるように仕掛けをするのだという。通し稽古の最中に壊れてしまえば重畳。本番で壊れればもっといい……と大笑いしていた。

それを阻止すべく、ローゼリアとロベルトは通し稽古を見に行くことにしたのだ。

直接見に行くと言ってもよかったのだが、王として公妃としての立場ではなく、ロベルトとローゼリアという個人として出向きたかった。オズワルドはすでにただの伯爵家の子息、彼に直接鉄槌を下すには、ローゼリアたちの地位が上がりすぎてしまった。

そうして、それぞれの思惑を胸に夜は更けていった。


あくる日、計画はこのように立てられた。

まず、マーガレットが学園の授業を終えてから一度フィベルト家に帰り、ロベルトとローゼリアと三人で通し稽古を見に校庭へ向かう。

シリウスはミカエルの協力のもと、発信機でオズワルドたちの動きを探り、なにかあればすぐにロベルトかローゼリアに連絡する。

オズワルドの動きを見て臨機応変に対応、という算段だ。

しかし、不測の事態は意外なところから訪れた。

いつもマーガレットを乗せて帰ってくる馬車に乗っていたのは、メアリだった。

「公王陛下、公妃殿下、ご機嫌麗しゅう」

「あら、メアリ。マーガレットはどうしたの？」

オズワルドのことは、マーガレットに一切話していない。

情報を共有しているのはロベルト、ローゼリア、シリウス、ミカエルの四人だけだった。

それが、まずかった。

「マーガレット公女殿下は先に会場へ行って点検をしながらお二人をお待ちするそうです。私は代わりにお二人をお迎えするよう仰せつかりました」

二人はメアリの言葉に一瞬固まった。

しかし、そこは公王と公妃。すぐに立てなおし、なんでもないように会話を続ける。

「それは嬉しいね。点検作業は何人で行うんだい？」

「衣装の着替えや舞台装置の点検は校内で行うので、会場にはマーガレット様と護衛がお二人ほどだけです。点検というよりは、昨日風が強かったので落ち葉が散らかっていて、それを片づけるとおっしゃっておりましたよ」

そんなことは私たちにお任せくださいと申し上げたのですが……というメアリの愚痴は、二人の耳に入らなくなってしまった。

お花畑たちにばかり気を取られて、マーガレットが予定外の行動を取ることを想定していなかったのだ。

婚約破棄の騒動があってから自信を失い消極的になっていたマーガレット。

それが近頃は自ら発言することも、冗談を言ったりちょっとした悪戯をしたりすることも増えてきて、マーガレットのぽっかりと奪い取られた少女の心が、少しずつ埋まっていく様子を見るのが、二人の毎日の楽しみだった。

それなのに、自分たちの予想を超えた行動をするマーガレットの姿を想定しきれていなかったのだ。そんな自分を、ローゼリアはぶん殴ってやりたかったし、ロベルトは頭を抱えてうずくまりたかった。

しかし、そんな時間はない。

二人は視線を交わすと急いで行動した。

ロベルトは無線でシリウスに連絡し、ローゼリアはシュナイダーを呼び、飛び乗った。

マーガレットは箒（ほうき）で校庭の掃き掃除をしていた。
口ずさむのはお気に入りのわらべ歌。よくマリアが歌って寝かしつけてくれた子守唄だ。
今日はとても素敵な日　お日様ぽかぽか暖かい　雲はにこにこ笑ってる

綺麗な落ち葉は歌ってる　風も一緒に歌ってる　私はとっても幸せです
お空の神様ありがとう　海の神様ありがとう　土の神様ありがとう
私はとっても幸せです　私はとっても幸せです

落ち葉を掃きながら鈴を鳴らすような声で歌う姿は妖精のように美しい。

それはまるで、平和を切り取ったような風景だった。

ゴトンッと大きな石が投げ込まれるまでは。

「マーガレット……！」

オズワルドは修羅のような形相でマーガレットを睨みつけた。

以前から気にしていた身長はほとんど伸びず、美しかった金色の髪は茶色に染められていた。

金は、王族しか身につけることの許されない色だからだ。

しかし、それ以外は何も変わっていなかった。

「オズワルド殿下……いいえ、オズワルド様。お久しゅうございます」

マーガレットは箒（ほうき）を置くと優雅に礼をした。

それは以前のようなカーテシーではなく、簡単な挨拶の礼。

王太子だったオズワルドは伯爵子息に、公爵令嬢だったマーガレットは公女となった。

マーガレットは、自分の心がとても静かなことに驚いていた。

目の前の元婚約者を見ても、怒りも憎しみも感じない。哀れとすら思わない。

ああ、何も変わっていない。彼は何も失っていないし何も得てはいないんだと、淡々とそう思った。

そんなマーガレットの様子に苛立ったのか、オズワルドは怒鳴り散らす。

「私を伯爵位などと低俗な地位に陥れてずいぶんと嬉しそうじゃないか。人の不幸を喜ぶとは悪魔のような女だな!!」

「伯爵位は王族に連なる、誉ある一族に与えられる爵位です。この国の貴族であればそれを低俗な地位などと申すものはおりません」

淡々と告げる言葉に嘘はない。

「昔から申し上げておりますが、もう少しご自分の立場を考えてから発言なさってください。『ごめんなさい、そんなつもりはありませんでした』で一度口にしてしまった言葉を撤回できるのは小さな子どもだけです」

「っ……うるさいうるさい!! そうやっていつも私を見下していたのだろう!?」

会話にならない。そのことにマーガレットは慣れてしまっていた。

オズワルドが自分に対して劣等感を抱いていたことは、ずっと前から気づいていた。

しかし、それでも彼女は学ぶこと、王太子妃としての力をつけることをやめるわけにはいかなかった。

王城やミーマニ王国の上層部には、次期国王であるオズワルドにつけ入ろうとする者や、命を狙う者すらいた。

だからこそ、マーガレットはオズワルドの後ろ盾となるべく強い力をつけたのだ。

そのおかげか、オズワルドに取り入ろうとしていた者たちはマーガレットに擦り寄るようになった。

オズワルドからすれば、自分への関心を奪われたと思っているのだろう。

――やっぱり、私とオズワルド様では王と王妃にはなれなかったのね。

二人はあまりに歪な婚約者だった。

マーガレット自身も、王妃には向いていなかったのだ。

一人ですべての負担を抱え込んでしまった、少し前の自分。

それは王妃として決定的な欠点であった。

あのまま婚約を続けていたら、おそらくマーガレットは心労か過労で長くは生きられなかった。

そしてマーガレットが死んだ後は、坂を転げ落ちるように国は崩壊していただろう。

国を崩壊に導く王妃にならなくてよかった、とマーガレットは心から安堵した。

「ここにはどのような御用件ですか？　これから建国祭で披露する劇の通し稽古を行うので、手短にお願いします」

オズワルドは歯噛みした。後先考えずに飛び出してしまったからだ。

物陰にはのこぎりなどを持った仲間たちが隠れていて、自分もマーガレットが立ち去るまで隠れているつもりだった。

しかし、楽しそうに鼻唄を歌うマーガレットの様子が癇に障り、いつもの癖でやつあたりしてやろうと飛び出したのだ。

　そもそも、顔を見せて怒鳴りつければめそめそと泣いて逃げ出すに違いないと確信してぃた。……マーガレットがオズワルドに対してそのような態度を取ったことは一度もなかったのだが。

　しかし、彼女は以前よりも強く、凛としていた。

　それがオズワルドには腹が立って仕方がなかった。

「劇だと？　独立したばかりの弱小国家は他国へのごますりにずいぶん忙しいようだな。裸踊りでもするのか？」

「仮に冗談だとしても、国民に対してそのような侮辱は御自分の立場を悪くするだけです。貴方はもう王太子ではなく一介の伯爵令息なのですよ。そのような軽率な発言や行動を繰り返していては、御自分だけではなく御家族にも迷惑がかかります。お控えくださいませ」

「自分が公女になったからと権力にすがるか⁉　貴様は本当に性根の腐りきった浅ましい女だな‼　母親にそっくりではないか」

　それまで淡々と話を聞き、淡々と答えていたマーガレットだが、その言葉に表情が凍りついた。

「私の母が、なんと申しましたか？」

「浅ましい女だと言ったのだ‼　父上は流行り病を終息させた聖女だと持ち上げていたが、私から見ればただの馬鹿だな‼　死にぞこないの平民を生き長らえさせ、犬死にしただけではないか⁉　まあ、そのおかげで王太子である私の婚約者になれたのだから、お前はさぞかし感謝しているだろうなぁ、その汚らわしい女に……⁉」

オズワルドの言葉は途切れた。

マーガレットが頬を思い切り叩いたからだ。

「ええ、私もお母様には怒っています。もっと生きてほしかった……聖女なんかじゃなくても、お母様は世界で一番素敵な人だったのに……でも、お母様が燃やした命で多くの国民が救われた!! だから私は我慢できたの!! お母様の死は無駄じゃなかったって……それを馬鹿にする人は、誰であろうと許しません!!」

ボロボロと、大粒の涙を流してオズワルドを睨みつけるマーガレットは、泣きながら怒っていた。

ずっとずっと抑え込んでいた感情が溢れて止まらなかった。

その場にうずくまって泣き喚いてしまいたかったが、わずかに残った矜持が彼女の足を支えていた。

「っ……な、殴ったな!! おい、お前たち!! この女は僕に手を上げたぞ!! 今すぐ粛清を……」

「お友達はこれで全員かしら？」

オズワルドが振り向くと、縄で固く拘束されたオズワルドの仲間たちが、一人残らず気絶し文字通り積み上げられていた。

「この学園は私の所有物でしてよ？ 生ごみがたくさん転がっていてはせっかくのお芝居が台なしですもの、お掃除させていただきましたわ」

クスクスと微笑むローゼリアを見て、オズワルドは青ざめた。

いつかのお披露目パーティでのことを思い出したのだろう。

「さて、オズワルド・クース伯爵子息。私の義妹(いもうと)であり、このフィベルト公国の公女であるマーガレット・フィベルトとその実母に対する聞くに堪えない暴言……一体どうやって償ってくださるのかしら？」

「っ……その女も私に手を上げたぞ!!」

「それが何か？」

にっこりと冷たい笑みは、一切の慈悲を持たない。

「貴方だって、以前マーガレットに手を上げたでしょ？　その時に何かお咎めは受けたのかしら？」

「王太子である私が女一人に手を上げたことの何が悪い!?」

「今は、マーガレットが公女、貴方は伯爵子息。その言葉はそっくりそのままお返しするわ」

「っ……!!」

オズワルドは仲間たちを顧みることもなく、一人でみっともなく逃げていった。

「あらあら、お友達がかわいそうですこと」

さっさと使いの者に片づけを頼み、ボーっと立ちすくんでいるマーガレットを抱きしめた。

「よく頑張ったわね」

「お、ねぇ、さま……」

マーガレットは声を上げて泣いた。

ローゼリアの胸のなかで赤ん坊のように泣きじゃくった。

マリアが亡くなってから、一滴もこぼれることなく溜まり続けていた涙は、しばらく止まることはなかった。

その後、ロベルトと生徒たちも無事到着し、通し稽古は予定通り行われた。

すっかり泣きはらしたマーガレットは皆に散々心配されたが「お母様を思い出して、泣いてしまったの」という言葉と、見たこともない晴々とした笑顔に皆、安心した。

ロベルトは「詳しくは後で聞くよ。リアが大丈夫って言うなら、きっとそうなんだろうし、今聞いてしまうとせっかくの劇が楽しくなくなりそうだからね」と笑っていた。

劇は稽古とは思えない完成度で、非常に盛り上がった。

観客はロベルトとローゼリアに、衣装作りなどに関わった生徒たち、教師。

一般向けの劇であるため衣装も舞台装置も質素なものだったが、臨場感があった。

「聖剣が創造神の作り出した幻だったという解釈はなかなか面白かったよ。神々がなぜ試練を用意して勇者を試したのか、ということへの説得力が強まったね」

「ええ、途中の神々の試練も面白かったわ。あの風の神様の試練、面白くって笑っちゃった」

「あれは、レミア嬢が休憩時間に聞かせてくださったお話がきっかけで追加したシーンなんですの。とっても面白いから、勇者役の子が何回も笑ってしまって稽古のやりなおしが大変で……」

帰りの馬車のなかは、おしゃべりが絶えなかった。

マーガレットはそれから憑き物が落ちたように明るくなった。

その夜、ローゼリアはロベルトに自分が見たことをすべて話した。

「そうか、マーガレットはやっと吹っ切れられたんだね。本当によかったよ」

マーガレットには王太子妃教育とともに、オズワルドには決して逆らってはいけないという強迫観念が植えつけられていた。

それを断ち切らない限り、彼女の心が本当に解き放たれることはないとロベルトは心配していたのだが、今日の笑顔を見て完全に吹っ切ることができたと確信した。

「本当、よかったですわね」

「うん、後は……後片づけをそろそろ始めようかな」

夜は更けていった。

第七章　皆様のお陰で、私は最高に幸せです

建国祭の初日。

これから一週間にわたり、国中がお祭り騒ぎとなる。

「それでは、フィベルト公国初代公王ロベルト・フィベルト陛下、公妃ローゼリア・フィベルト殿下の御来場です」

ロベルトはこの日のために作らせた白に金糸の礼服をまとい、真珠とダイヤモンドの美しいサー

クレットをかぶっている。

ローゼリアは白地にシルクでできた赤い薔薇が咲き乱れる美しいドレス。サークレットと同じデザインのティアラをつけ、大粒のルビーのイヤリングは令嬢たちがため息を漏らすほどに美しかった。

「今日から一週間、みんな大いに楽しんでほしい。今日という日が歴史に綴られた時、笑顔に満ちた素晴らしい日だったと記されるよう願っているよ」

ロベルトの言葉で、長い建国祭は始まった。

「お兄様、お義姉様、お疲れ様です。素晴らしい挨拶でした」

マーガレットもドレス姿だ。

陽だまりのような黄色のドレスに、彫金細工で作られた雛菊の髪飾りにはダイヤモンド。

そしてイヤリングは世界的にも貴重な橙色の真珠。

婚約破棄の事件以来、マーガレットはイヤリングをつけられなくなっていた。

しかし、今回の建国祭ではイヤリングをつけたいと、自分からロベルトとローゼリアに頼んできたのだ。

二人が喜び勇んで最高級のイヤリングを特注しようとした時、意外な人物からの小包が届いた。

辺境にいる、前フィベルト家当主……兄妹の父であるローランドからだった。

なかには「お前の母さんが気に入っていたものだ」とだけ書かれたカードとこのイヤリングが収まっていた。

マーガレットがその場で身につけて「私にも似合うかしら？」と微笑むものだから、二人は素直に頷いた。

ロベルトが『余計なことするな馬鹿親父』と返事を書いていたことは、ローゼリアだけが知っている。

それが、ローランドが辺境に行って以来、ロベルトが初めて書いた手紙だということも、これからも少しずつ書き続けるのだろうことも、ローゼリアにはわかっていた。

「マーガレットも疲れたでしょう？　虫が多くて大変だものね」

「虫などおりませんでしたよ？」

ローゼリアはアンナに飲み物を用意させながら、マーガレットを椅子に座らせる。

現在、マーガレットには婚約者がいない状態。それにこれまで王太子の婚約者として諸国と関わることが多かったため、彼女の能力の高さと美しさは大陸中に知れ渡っている。

そのため縁談が山のように来ているのだ。これまではほとんど手紙だったため燃やすなり捨てるなりしていたのだが、今回は建国祭の客として直接縁談を申し込んだり、なんとか仲良くなろうとダンスに誘ったりと、文字通り虫のように非常に鬱陶しいのである。

マーガレットが自分に言い寄ってくる男たちの甘い言葉を社交辞令と思い込んでいるのは、義姉として喜ぶべきか悲しむべきなのか。

「劇の本番はどうだった？　今日が初日だったのよね？」

「はい！　皆さんにとても喜んでいただけました!!」

劇は貴族向けのものも、一般向けのものも大盛況だったそうだ。

初日の今日は暇つぶし気分で見に来た客がほとんどだったらしいが、芝居の出来が大評判となり、噂を聞きつけた人々によって公演のチケットは明後日まですべて売り切れてしまったというから驚きである。

しかもマーガレットが脚本を書いたということも話題を呼んだ。

公女が自ら芝居の脚本を書くことなど普通はありえないため話題になるとは思ったが、物語が自国民から他国民にまで大好評で、脚本を正式にマーガレットの名義で販売してはどうか、本にして出版してみないかという話がロベルトやローゼリアにまで届いているのだ。

本人はまだ実感が湧かないようだが、それが実現すれば、同じ作者が書いた同じ物語を、言語の違う国で共有し楽しめるようになる。この大陸の歴史上初めての快挙だ。

大陸中の言葉を読み書きできるマーガレットだからこそ、それが実現できる。

建国祭に訪れた重役たちも思わぬ収穫だと喜んでいるようだ。

「明後日は時間が取れそうなの。ロベルト様と一緒に、絶対に見に行くわね」

「はい!!　お待ちしておりますわ、お義姉様」

そうして穏やかに、建国祭一日目の夜は更けていった。

二日目は公王家族が馬車に乗ってパレードを行う。

装いを新たに、昨日は下ろしていた長い髪を美しく編んでまとめあげ、生花を挿したローゼリアの姿は馬車の上でも美しく映えていた。

「本当ならシュナイダーに直接乗りたかったのですけれどね」

「まあまあ、それは別の機会に用意するよ。シュナイダーもこんなに人が多くて狭い場所よりも、広い場所を思い切り駆け回るほうが喜ぶんじゃないかい？」

「今度、久しぶりにみんなで遠乗りに出かけませんか？　お兄様ももう少し乗馬に慣れないと、いざという時に困りますわよ？」

「マーガレット、誤解を招く言い方はやめてほしいな。僕は乗馬に関しては、人より少しうまいくらいなんだよ。ローゼリアの乗馬の腕が人並み外れて素晴らしいだけで、僕は普通なの」

馬車のなかは広々としているため、こうしておしゃべりを楽しむ余裕もある。

楽しく会話をしながら観客に手を振り微笑む。

こうして国内を一日かけて一周するのが今日の予定だ。

「明日の劇の準備は順調かい？」

「はい、皆さんとても張り切っていて……今日は様子を見に行けないので少し心配なのですが、皆さんが任せてくれと言ってくださいました」

「マーガレットはいいお友達に恵まれたわね」

そんな会話を繰り返していると、馬車はカフェが建ち並ぶ通りにたどりついた。

お茶を楽しむ貴族の来賓たちが、馬車の外観やローゼリアたちの姿を興味深く観察している。

「まあ、お久しぶりです!!　サティア姫様、アーベル第一王子殿下、サーランティスヴィスラン王太子殿下！」

マーガレットは、窓から少し顔を出して一人一人の名前を呼んで手を振る。

数十人の王女や王子の名前を一人も間違えず呼ぶ姿はさすがだと、ロベルトとローゼリアは得意になった。

「マーガレット、ここは少し段差があるから座ってなさい」

「あ、ありがとうございますお義姉様」

マーガレットがきちんと座りなおした途端、馬車が急に停まった。

馬車の目の前には、白銀の鎧と兜で全身を覆い、抜身の剣を構えた騎士がずらりと並んでいる。

「一体なんだ？」

「は、反乱か？」

周囲の人々の怪訝そうなざわめきが広がり、貴族たちについていた護衛たちは前に出て臨戦態勢を取る。

「フィベルト公国、公王陛下一同……お覚悟!!」

馬車を取り囲む騎士たちが、鈍く輝く剣を一斉に馬車に突き立てた。

優雅なカフェ街に悲鳴が上がる。

「な、なんだと!?　どういうことだ!?」

しかし、狼狽したのは騎士たちのほうだった。

剣を突き立てられたはずの馬車は、傷一つなく美しい外観を保っている。

扉も窓も固く閉められ、それを開けようと騎士たちが奮闘しているが、びくともしない。

馬車を引く馬たちは突然の騒ぎに怯えるそぶりも見せず、静かに立っている。

誰かが叫んだ。

「おい、御者はどこに行った⁉」

馬車を操る御者が、いつの間にか消えていた。

その声に騎士たちはおろおろと辺りを見渡し、一気に統率が崩れる。

「我がフィベルト公国の誇る最新馬車の強度はいかがかな？」

その声に、騎士たちも観客も振り向いた。

馬車より数メートル離れた場所に、ロベルトが優雅に立っていた。

「貴様、一体どうやって⁉　このなかにいたのではなかったのか⁉」

「少しは頭を使って考えてご覧？　その兜の中身が空でないならね」

ロベルトの笑みに怒りを煽られたのか、数人の騎士たちが剣を振りかぶり向かっていく。

人々は悲鳴を上げるがロベルトは不敵に微笑み、両手を広げて声を張る。

「皆様、我がフィベルト家を守る近衛兵(このえ)たちをご紹介致しましょう。その業、どうぞご覧あれ‼」

その声に応えるように、カフェの屋根の上から、倉庫のなかから、フィベルト家の家紋が入った鈍い銀色の鎧を身にまとった戦士たちがすばやく現れた。

兜はなく、全員が顔を晒している。

統率の取れた動きですばやくロベルトを守る陣形を作ると、襲いかかってきた数人を早々にはじき返す。次にまたすばやい動きで、路地で呆然と立ち竦む人々を背にして、庇い守る。

「王が丸裸だ!! 討ち取れ!!」

怒鳴り声が響き、騎士たちは再び剣を構えロベルトに襲いかかるが、彼は軽く手を上げてゆっくりと振り下ろすだけ。

するとロベルトの背後から無数の矢が放たれ、騎士たちの鎧の隙間にするりと入り込み、肉を貫く。

腕、足、と命は取らず、しかし再び剣を持つ箇所に的確に打ち込まれた矢によって騎士たちは倒れた。

「我が国の兵がたったこれだけで全員と思ったのかい? やはり君たち、その兜のなかは空のようだね」

ロベルトが不敵に微笑むと、騎士たちは馬車のなかにいるローゼリアとマーガレットに矛先を転じた。

再び馬車の扉に手をかけようとすると、なかから勢いよく扉が開き、同時に何かが飛び出してきて騎士の腕に絡まった。

「公女殿下だ!!」

「マーガレット様!!」

マーガレットは小さな体で騎士の腕にしがみつき、剣を持つ手首をくるりと捻る。

蛙を潰したような悲鳴を上げた騎士は剣を取り落とし、痛めた腕を押さえてうずくまった。

すばやく騎士から距離をとったマーガレットはドレスの裾をたくし上げて結び、長く下ろしていた髪を服の飾りとして付いていたリボンで結い上げた。

その美しくも凛とした姿に観客は息を呑む。

「よい鎧ですね。しかし、大量生産された鎧の構造はすべて学習済みです」

マーガレットの言葉に応えるように、手首を捻られた騎士の鎧は小手、肩当て、胸当てと順にガラガラと剥がれ落ち、彼は兜を残して薄い肌着一枚になった。

「その鎧はある箇所をほどけば簡単に脱げる構造になっているんですよ。本来の役割は海などに落ちた時にすばやく脱ぎ捨て、沈まないようにするための緊急措置です。ちなみに私の友人が所有するフィーズン商会でも取り扱っておりますので、お買い求めの際にはぜひ、ご利用ください」

愛らしい礼に思わず観客は拍手してしまう。

しかし、まだ多くの騎士は健在だ。

数は数十人、一体どうなるのか。

その場にいる全員が、逃げることも忘れて目が離せなくなっていた。

「公女を囲め‼」

「武器は持っていない‼　全員でかかれ‼」

ぐるりとマーガレットが囲まれる。

マーガレットは結んでいた裾を解くと、優雅にカーテシーをとる。

「公妃殿下のお出ましにございます」

その言葉に、騎士たちは辺りを見渡す。

美しくドレスをなびかせ、愛用の剣を携え凛と立つ姿に、騎士たちも一瞬息を呑んだ。

その一瞬の隙にマーガレットは馬車のなかに逃げ込み、しっかりと扉を閉める。

ローゼリアは、一度剣を鞘に納めてから、ドレスの首元とウエストに付いた薔薇の飾りを外した。

すると美しいドレスが林檎の皮のように脱ぎ捨てられ、なかに着込んでいた軍服が露わになった。

宵闇を切り取ったような黒地に、月のような金糸の飾り刺繍。

「さあ、私の国を脅かす塵芥の皆様。公妃ローゼリアが、直々にお掃除して差し上げてよ」

しなる腕によく馴染んだ剣は、ローゼリアのもう一本の腕のように男たちを払う。

身軽に飛び跳ね、騎士たちを弄ぶように蹴散らし、剣を弾き、鎧の隙間に蹴りや拳を的確に打ち込んでいく。

「なぜその剣で殺さない!?　臆病な女風情が、覚悟もなく剣を持つな！」

騎士の言葉に、ローゼリアはクスリと微笑んだ。

「あらあら、貴方たちには後でたっぷりとお話を聞かなければならないもの。死なれたら困るわ。それにここはみんながお茶とお菓子と景色を楽しむカフェ街。そこに貴方たちの血を流したら何もかも台なしじゃない？　私もこの後、おいしいステーキをご馳走になる予定だから、血の匂いは御免でしてよ」

ガキンと後ろから奇襲をかけようとした兵士の剣を払い落とし、柄で殴り気絶させる。

「それに、貴方がおっしゃる剣を握る覚悟とは、人を切り裂き殺める覚悟のようだけど……それを

持たぬ者は剣を握るなとは。笑ってしまうわ」

ローゼリアの冷たい微笑みに、兵士たちは足が凍りついたように動けなくなった。

細く、鈍い光を放つ愛刀を高々と掲げると、ローゼリアは声を張り上げる。

「剣とは、自らの命を、誇りを、家族を、恋人を、友を、故郷を守るために握るものである！　人が人であり続ける限り、奪う者、殺す者が消えることはないだろう。だからこそ私は願う！　一人でも多くの民が、何かを守るために握った剣が、誰かを殺めることなく、朽ち果て土に還ることを！　それを成し遂げることこそ、国を治める私たちの役目。それがこの剣を握る私の、王族の誇りであり、覚悟である！」

観戦していた貴族たちから、大きな歓声が湧き上がった。

それに礼を返すと、ローゼリアは再び剣を敵に向ける。

「さて、おいしいステーキが冷めてしまう前に、お掃除を終わらせましょうか」

ダンスの誘いを断るように優雅に、気高く、美しく振るわれる剣は、騎士たちを一人残さず地面とハグさせた。

ローゼリアは息一つ乱さず、一筋の汗もなく、剣を納めて微笑んだ。

「ロベルト様！　倒した数、五十三人になりますわ。取りこぼしはございませんか？」

「鎧を着ていた者の人数は、私が数えた人数と変わらないよ。マーガレットはどうだい？」

ロベルトの声に馬車を降りてマーガレットが兵士を一瞥する。

「はい、確認致しました。馬車のなかから、こちらを観察していた怪しい人物を三名発見致しましたので……兵士の皆様！　こちらの紙に、人相と着ていた服、身長などの特徴をまとめました。全員目を通し、捕縛にあたってください。第二班はここに残り、皆様の護衛を頼みます」

「かしこまりました、公女殿下」

貴族たちの盾となっていた戦士の一人が敬礼した。

ロベルト、ローゼリア、マーガレットは一列に並び、観客となっていた貴族たちに頭を下げる。

「皆様、この度は楽しいティータイムを騒がせてしまったことを深くお詫び申し上げます。なんの償いにもなりませんが……皆様にこちらをお贈り致します」

ロベルトが指を鳴らすと、給仕たちが一人一人にロベルトのサインと家紋が金のインクで押されたチケットを配る。

「そちらは、このフィベルト公国内どこでも、すべての商品一つと交換ができるチケットです。ドレス、宝石、お好きなものと交換なさってください」

チケットで交換されたものの代金はフィベルト公国が代わりに支払う仕組みであるため、売り手も損をしないようになっている。

「ちなみに、土地や爵位とは交換できませんので悪しからず」

ロベルトの微笑みに、カフェ街は和やかな笑いに包まれた。

この場所で襲撃があったことなど、微塵も思わせない爽やかな笑い声だった。


——その夜。

「さて、明日のマーガレットたちの劇のためにも幕引きは早めにしてしまいましょう、ロベルト様」

「そうだね、リア」

かつて、ミーマニ王国の王城だった城の地下牢。

ローゼリアたちは、待機していたシリウスと、お付きのミカエルと合流した。

「ロベルト様、ローゼリア様、お疲れ様です」

「シリウス、ご苦労様。なんだか顔色が悪いけど大丈夫？」

「あのゆるゆる女が……言い寄ってきて……」

シリウスの顔色は土気色といっていいほど悪かった。

気持ちが痛いほどにわかるロベルトは下がるように言ったが、シリウスは表情を引き締め断った。

「俺も最後まで付き合いますよ」

地下牢に続く階段を下りていくと、道は二つに分かれている。

右が男、左が女の囚人を収容する牢だ。

三人はひとまず右に向かった。

「やあ、いい夜だね」

「ロベルト・フィベルト!!　貴様はなぜ生きている!?　私の雇った刺客に、殺されているはずだろう!!　ローゼリア、貴様もだ!!　マーガレットがいないということは、奴は死んだか!!」

オズワルドの壊れたような不快な笑い声が牢に響く。

「それなら私がこんな場所に入れられていることは理解してやろう！　あのいけ好かない女が死んだならこんなに嬉しいことはない!!　もう絞首刑だろうが斬首だろうが何も怖くないぞ!!　私はエンジェラと死してようやく結ばれるんだ!!　永遠に!!　お前たちは大切な妹を殺されて、でも惨めに生き続ける!!　いい気味だなぁ!!」

しばらく水を飲んでいないのか、ガラガラと乾いた笑い声には時折咳が混じる。

それでも笑うのをやめず、口から血が混ざった泡を溢れさせながらもまだ笑っている。

大きく咳き込み、それでも笑い、ようやく静かになった牢にロベルトの静かな声が落ちる。

「マーガレットなら家で寝てるけど？　明日の劇に備えて晩御飯もしっかり食べて、ぐっすり寝てるよ」

「………………は？」

信じない。そう言いたげな顔は、ロベルトとローゼリアの表情を見てどんどん青白くなっていく。

「君の雇った刺客とやらは全員ここにいるよ。牢の中にね」

「な……そんなわけ……何人いたと思って……」

「百五十三人……ですわね。まあ、よく頑張って集めたなぁとは思いましたけど、粗悪品を買い集めるだけで完成品ができるわけがないでしょう？」

地下牢の奥から刺客たちの怒声が飛んでくる。

異国の言葉だが、ローゼリアの言葉に嘲りを感じ取ったのだろう。

「な、なぜ……どうやって？」

「貴方の愛しのエンジェラ嬢は、ここにいるシリウスにも情報を送っていたの。だから彼女にいろいろ教えてもらったのよ。貴方がベルナルド様に託されたお金をすべて使って、刺客を雇って私たちを殺した後、来賓として招かれた他国の王族を襲わせてフィベルト公国を失墜させる。そして空になった玉座に自分が座る……というシナリオを立てているとね。まあ、なんてチープで面白くない脚本かしら」

「そもそも君の王位継承権はもう剥奪されているんだよ。ほかにも穴だらけがすぎるね」

クスクス、クスクスとロベルトとローゼリアの笑い声が響いた。

「でも、大勢の刺客のうち、百人が昨日のうちに捕らえられたという報告には笑ってしまったよ。どうやって捕まえたんだっけ？」

「刺客たちの集まりに潜り込んで、言われた通りにドラニクス侯爵に持たされたお酒をお酌しただけですよ。全員馬鹿みたいに飲んで寝ていくから、ちょっと怖かったです」

「仕方ないよ。誰も幻の美酒に睡眠薬を混ぜているなんて思わないだろう？　まあ、瓶も樽も本物そっくりに作っただけの模造品で、中身は銀貨数枚で買える安酒だけどね」

偽の高級酒に眠らされた男たちは早々に地下に運ばれ、こちら側に寝返らせた。

「ああ、これは前金だそうです。すべて貴方に返すそうですよ」

牢のなかにロベルトが放り込んだ革袋に詰まっているのは、きらびやかな金貨。

紛れもない本物の金貨に、オズワルドは目を剥く。

「こ、これだけの金を積んだのに裏切っただと⁉　なぜだ‼　あいつらは金さえあればなんでもすると言っていたぞ!!」

「お金がいくらあっても、国家に歯向かえば無駄になるだけでしょう？　そして命まで失う。つまりはただ働きになるだけだと教えてあげたの。そして我が実家、ドラニクス家が家族の分も戸籍をあげると言ったら、全員がお金を返してくれたわ」

オズワルドの雇った刺客たちは、ほとんどが元奴隷だった。

すでに廃止されたが、奴隷制度は数十年前まで、ミーマニ王国にも当たり前に存在していた。そのため奴隷であった者の処遇はいまだに問題として残っている。

奴隷を持つことは犯罪であると法が制定されたため、奴隷だった者を雇うことも犯罪への加担、というイメージが付いてしまったのだ。

彼らは体のどこかに奴隷の証の焼き印を入れられている。

印がある以上助けてももらえず、仕事も食べるものもない。

だから彼らは奴隷の印を持つ者同士で集まり、ひっそりと身を寄せ合って暮らしていた。

やがて子どもを儲けて、少しずつ生活ができるようになっても普通の人間の生き方を知らない。

教育を受けていない彼らは、読み書きも言葉も作法も知らない。挨拶の仕方も、貨幣の稼ぎ方も。

そんな人間がどうやって生きるための貨幣を得るのかといえば、殺して奪うことしかないのだ。

ドラニクス侯爵家は祖父の代から、そういった元奴隷とその家族たちを受け入れている。

保護し、教育を施し、国民としての戸籍を与える。

それで初めて、罪を償うこともできるし、家族を見送ることもできる。

墓を作り、弔うこともできる。

人としての生活の保障、それがドラニクス家の提示した報酬だ。

どれだけ金貨を積み上げても得られないものを与えることで、ローゼリアは彼らを手中に収めたのだった。

そして襲撃計画の詳細を聞き出し、残った五十三人を一網打尽にしたというわけだ。

「な、ならばなぜこんなところに入れている!! 彼らを騙したのか!! 悪魔め!!」

「まだ戸籍ができていないし、全員の犯罪歴を把握できていないからひとまず入るように言ったのよ。雨風も凌げて快適だし、貴方たちと違って罪人ではないから、暖かい毛布と十分に栄養の摂れる食事も出しているわ」

「全員、罪状を調べて健康診断を受けさせてから身だしなみを整えてもらう予定だよ。ついでに君のことも怖がらせてほしいって頼んだら喜んで入ってくれた。それとも一人のほうがよかったかな?」

ふう、とため息をつくと、ロベルトはオズワルドを見下ろす。

「つまりね、君は何も成し遂げずすべてを失う。僕とリアとマーガレットは幸せに生きていくんだ。君のことを忘れてね」

オズワルドにはもう、何も聞こえていないようだった。

がっくりとうなだれてぶつぶつと何事か呟いている。

あまりにもあっけなく、彼の自尊心とプライドの詰まった心は砕けたのだった。

「残るゆるゆる娘ですが……、私一人で行かせていただけませんか？」

「ローゼリア様、くれぐれもお気をつけて」

「僕たちは死角になっている場所で聞いていればいいんだね。わかったよ」

「なんでこの夫婦を敵に回したんだろう……あいつら」

ほんの少し、ほんの少しだけオズワルドとエンジェラが哀れになったシリウスだった。


「ちょっと‼　どうして私がこんなしみったれた場所にいなきゃいけないの⁉　オズワルド様は？　ロベルト様は？　シリウス君はっ⁉」

「あら、貴女にとってもよくお似合いの部屋じゃなくて」

ローゼリアが顔を出すと、エンジェラは般若のような形相を向けてきた。

手にはシリウスが渡した薔薇のブローチを握りしめている。

そのブローチのおかげですべての情報も二人の隠れ家も筒抜けで、たやすく捕えることができた。

「あんた……、死んだんじゃなかったの？」

「ええ、この通り今日も美しく生きてるわ」

その言葉が気に入らなかったのか、粥が入った皿を投げつけてきた。

それを簡単に避け、ローゼリアはため息をつく。

「ねえ、貴女は何がしたかったの？　オズワルドと結婚したかったのならさっさとすればよかったじゃない？」

「私は王子様と結婚したかったのよ‼　優しくて素敵で、私の言うことならなんでも聞いてくれる王子様よ‼　オズワルド様はいろんなものを買ってくれたけど、それだけじゃ満足できない！　私をもっともっと愛してくれる人が必要だって思ったの‼　いらないものはさっさと捨ててもっと素敵なものを手に入れようとして何が悪いの⁉」

「貴女ってわかりやすいわね。欲しいものを手に入れて、でもすぐに飽きて、ほかのものが欲しくなる。そんな気持ちで男をとっかえひっかえしていたの？」

「そうよ！　それの何が悪いのよ⁉　みんなやっていることじゃない‼　あんたは生まれた時からロベルト様っていう完璧で素敵な人と婚約していたから、私の苦労なんてわからないでしょうけどね‼」

　キンキンと牢に響き渡る声は、ローゼリアにはっきりと伝えてきた。彼女にもう言葉は届かないのだと。

「一つだけ、はっきり言えることがあるわ。貴女は一生、幸せになれない。自分が生まれてきた時に持っていたものの素晴らしさに目もくれず、人のものばかり欲しがっている貴女はもう、幸せを捨ててしまったのよ。残念だったわね」

　優しい両親、健康な体、食べることに不自由しない家庭、温かい家。それがどんなに尊いものなのかわからない彼女を、ローゼリアは心から哀れに思った。

　そんな憐みの視線が癪に障ったのか、エンジェラは怒りで血走った目でローゼリアを睨みつける。

「なによ‼　惨めな人間を眺めるのがそんなに楽しいなんて、本当に酷い女‼　家には使用人が少しかいなくて、毎日ママの貧乏くさい手料理ばっかり。ドレスだってたまにしか買ってもらえないし、婚約者だって子供の落書きみたいな顔の不細工!! あの女……マーガレットだっていつもニコニコして、苦労なんてしたことありません〜って顔して……運だけで王太子様と婚約して……ほんっと神様って不公平よね!! 私みたいになにもかもずっと我慢して、欲しいものをなんにも買ってもらえなかった私の気持ちなんて……」

エンジェラの罵詈雑言(ばりぞうごん)は、唐突に途絶えた。

鉄格子を握りしめる彼女の手を、氷のように冷たくなったローゼリアの手が包み込んだからだ。

我が子の頭を撫でるような、優しい手つきだったが、エンジェラはその手から伝わる痛いほどの冷たさに、全身が凍りつくような感覚に襲われた。

「そうね……私は貴女の気持ちも、心もなに一つ理解できないわ。でも、貴女のおかげで、私はとても幸せよ。優しい両親、素晴らしい領民、そして愛するロベルト様と可愛いマーガレット。フィベルト家で働く使用人たち……すべてが本当に愛おしいわ。彼らがいることが幸せなんじゃない。私を愛してくれる彼らを、私自身が愛おしいと思うことができるから、私は幸せなのよ。だから、私は愛するもの、大切なものを決して手放さない。そのためにもっともっと強くなろうと思えるの。ありがとう、エンジェラ嬢。御礼を言うわ。貴女のおかげで、自分がどれだけ幸せか、心から理解することができたから。貴女のこと、決して忘れないわ」

するり、と手が離れると、エンジェラは崩れ落ちるように座り込み、震えることしかできなかった。

ローゼリアの表情はとても穏やかで、慈愛に満ちた笑顔だったが、肌は大理石のように白く、瞳はガラス球をはめ込んだようになにも映さず、言葉を紡ぐ声はオルゴールのように美しくも無機質だった。

――ええ、エンジェラ。貴女は確かに可哀想な人よ。幸せがなにかもわからないのに、それを求めて多くの人を狂わせた。本当に愚かで哀れで残酷な人。

エンジェラのもとから立ち去ると、ロベルトとシリウスが不安げに待っていてくれた。

「……もう帰りましょう」

「そうだね、ひどい顔色だよ」

「俺、馬車呼んできます」

地下から戻り、月明かりの眩しさと、ロベルトが肩にかけてくれたストールの暖かさに笑みがこぼれる。

凍りついた体が解けていくようだった。

――ああ、私は、本当に幸せだわ。

フィベルトの屋敷へ戻ると、門の前ではメイドたちに付き添われたマーガレットが明かりを灯して待っていた。

「マーガレット！　……様!!　どうしたんですか、夜風に当たると、風邪を引いてしまいますよ！」

「こらこらシリウス、馬車を飛び降りたら危ないよ。奥に引っ込んでなさい」

一番に飛び出そうとするシリウスを押し込んで、ロベルトがちゃっかりとマーガレットの頭を撫でた。

「お兄様、お義姉様……おかえりなさいませ」

「どうしたのマーガレット？　寂しそうな顔をして……私たちの帰りが遅いから、心配したかしら？」

ローゼリアが微笑むと、マーガレットは静かに夫婦の手を取った。

「オズワルド様と、エンジェラ嬢に……会ってらしたんですね」

「「！」」

「お二人は、いつもいつも私を守ってくださって……本当に……ありがとう。私は……もっと強くなります。お兄様とお義姉様を、守れるくらい」

強い眼差しで微笑むマーガレットは、二人が今まで見てきた彼女の姿で一番、美しかった。

「僕たちは、マーガレットがいるから頑張れるんだよ。僕たちの強さは、マーガレットの強さだ」

「マーガレット、抱きしめさせて。私の可愛い妹」

抱擁を交わす三人を少し羨ましそうに見つめるシリウスに、マーガレットはにっこりと笑って手を差し伸べた。

後ろから見守っていたミカエルが背を押すと、シリウスは恥ずかしげに輪に加わった。この時ばかりは、ロベルトとローゼリアも素直に彼を歓迎したのだった。

メイド長のアンナに家へ追い立てられるまで、彼らの長い長いハグは続いたのだった。

次の日、学園の劇は大成功を収めた。劇の千秋楽には立ち見でも構わないと申し出る客が押しかけ、生徒たちは緊張と興奮のなか、存分に稽古の成果を発揮したのだった。

「『おお、なんと美しい！　これこそが世界に平和をもたらす聖剣ですね、創造神様！』」

「『いいや、これは私が作り出した幻……これは聖剣ではない。見よ、世界の真実を‼』」

創造神役の青年が長いローブをぶわっと舞い上げると、舞台の中心にあった聖剣の模型が黒く大きな棘に変わり、おおっと歓声が上がる。

「『な、なんと禍々しい‼　これは一体⁉』」

「『聖剣とは仮の姿……これはこの世界から幸福を吸い上げ、不幸を蔓延させる楔なのだ‼　私は今まで何人もの若者にこれを抜いてほしいと頼んだ。しかし誰もが、こんな汚らわしいものに触れたくないと拒んだ……だからこうして美しい聖剣の幻で隠したのだ』」

創造神の鬼気迫る芝居に観客は釘づけとなる。

「『君の勇気を疑ったことを許してくれ。しかし、私が初めにこう聞いたのを覚えているかい？　聖剣を手にしたらどうする？　とね……君は迷いなくこう答えた。世界が平和になるなら欲しいものなどそれで十分だと‼』」

「『はい、創造神様！　その心、今も変わりません。抜くのが聖剣だろうと楔であろうと、僕が求めるものは世界の平和です。それが叶うならば！　迷いはありません!!』」

主人公役の少年が楔を抜き取ると、そこから紙吹雪とリボンが噴き上がる。

舞台の後ろからも紙吹雪が舞い上がり、舞台のフィナーレを美しく飾った。

最後のカーテンコールでは吟遊詩人役のシリウスが壇上でリュートを爪弾き、それに合わせて役を演じた者、裏方で舞台を盛り上げた者、全員が壇上に上がった。

風の神が生み出す風の刃を、白く長い旗を振り表現したスカーレット。

旅に出る勇者を、涙をこらえて笑顔で送り出す健気な妹役、テティ。

大量の衣装と舞台用の資材を、商会を通じて用意した会計係、レミア。

夜遅くまで舞台装置や衣装製作に勤しむ皆に食事を作り、仮眠室のシーツをいつも清潔に保っていたメアリ。

一人一人が観客の拍手を浴びる姿を、舞台袖でマーガレットはとても満足げに見つめていた。

そのまま全員が礼をして、幕が下りる……という段取りだったが、シリウスが突然走り出し、舞台袖に引っ込んでいたマーガレットを壇上に引っ張ってきた。

突然の出来事に、慌てて戻ろうとするが、すかさずスカーレットとメアリが背中を押し、レミアとテティは周りの生徒たちに目配せをし、小声で指示を出す。

生徒たちが一斉にマーガレットを取り囲み、スカーレットとメアリが両手を取って、壇上の真ん中まで連れていくと、シリウスが再びリュートをかき鳴らす。

「公女殿下!!　感動しました!!」

「素敵なお芝居、ありがとうございます!!」

「マーガレット公女殿下!!」

客席から、たくさんの賛辞の言葉が飛ぶ。

そして、壇上の生徒も一人一人声を上げる。

「とても楽しい時間をありがとうございました!!」

「学園が一体となって、一生の思い出になりました!!」

「公女殿下の差し入れてくださったクッキー、おいしかったです!!」

全員がマーガレットへの礼を述べると、シリウスがリュートを鳴らしながら、大きな声で言う。

「皆様、フィベルト公国がいつまでも平和で民の幸せに満ちた国であらんことを！　そのために私たちはマーガレット公女殿下、公王様、公妃様のもと、努めてまいります!!」

「「フィベルト公国に永遠の幸福があらんことを!!」」

生徒たちが一斉に叫び深く頭を下げると、観客たちは立ち上がり割れんばかりの拍手を送った。

感極まったスカーレットがわんわん涙を流しながらマーガレットに抱きつく。

「マーガレット様!!　私は今日という日を決して忘れませぬぅ!!」

「ちょっと、そんな汚い顔でマーガレット様に近づかないの!!」

「ううぅ、メアリ殿もありがとうございまする〜!!」

「こら!!　せめて鼻水は拭きなさい!!」

メアリを引っ張り、三人で団子状態になる。

ハグをしながら喧嘩をしている二人を見て、レミアとテティも思わず飛びついてハグをした。

「マーガレット様！　私とヴィンセント様の結婚式にはぜひ、来てくださいまし!!」

「フィーズン商会のお店にもまた来てくださいね！　いい茶葉を取りそろえておきますわ」

楽しげに固まっている五人に釣られて、壇上にいた生徒が次々とマーガレットに抱きついた。

あまりに楽しくて、マーガレットは声を上げて笑う。

それを咎める者は一人としておらず、その瞬間のマーガレットは公女ではなく、一人の学生だった。

騒がしくも温かく、幸せに満ち溢れたカーテンコールは、長く長く続いた。


そして建国祭も大盛り上がりで、前日のローゼリアたちの大立ち回りも話題となり、国全体がお祭り騒ぎとなった。

最終日、フィナーレを飾る建国式では、ミーマニ王国の権限と領地をすべてフィベルト公国に譲渡するという宣言が粛々と行われ、ミーマニ王国の歴史は静かに幕を閉じることになる。

オズワルドとエンジェラは、公王と公妃、公女を殺めようとした罪で極寒の刑務所に送られることに決まった。

死罪はロベルトもローゼリアも許さなかった。

「だって一瞬で終わってしまうじゃない」

「彼らは若いから、まだまだ数十年は生きるだろう？　この世にもたくさん地獄はあるんだから、それを活用しない手はないよね」

彼らが果たして己の罪を省みることはあるのか、そもそも己が罪を犯したことに気がつくのか。

それは誰も知らないことだ。

エピローグ

それから、五年の月日が経った。

「ふう……あっという間に読んでしまったわ」

ローゼリアは、ゆったりとしたドレスを身にまとい、日当たりのよい部屋でソファに腰かけて本を読んでいた。

本の著者はマリガレッテ。

この近隣国では平民から貴族まで、幅広く親しまれている作家だ。

子どもにも読めるワクワクするような冒険物語から、大人でも時間を忘れて読み込んでしまう文学作品まで。

それらを一人で、数ヶ国語に翻訳して出版しているのだ。

マリガレッテ……マーガレットの書いた本はたくさんの人々に楽しまれ、愛されている。

ローゼリアは本を閉じると、大きく膨らんだお腹を愛しげに撫でた。

ポコポコと、お腹のなかでは我が子がダンスを踊っているように動き回っている。

「あらあら、貴方もマーガレットの本が気に入ったの？　お腹から出てきたら、たくさん遊んでもらいましょうね。貴方がそこから出てくる頃には、帰ってきてくれるからね」

ローゼリアがそう語りかけると、腹のなかのダンスが痛いほどに激しくなった。

マーガレットは建国祭の後、ロベルトとローゼリアに国の正式な外交官になりたいと申し出た。

「私は、もっといろんな国を自分の目で見てみたいのです！　学園を卒業したら、国家外交官の試験を受けます。そして必ず受かってみせます」

その宣言通り、翌年の卒業式の半年後に行われた国家外交官の試験に合格。

大陸内でも史上最年少の、そして女性初の外交官となった。

そして一年のうちの三分の二は他国へ足を運び、今までまったく交流のなかった国とも和平条約を結んだ。

マーガレットの外交のおかげで、フィベルト公国を中心に国同士の交流が盛んになり、物資や技術の輸出入、他国への留学も五年前の倍になった。

そしてもう一つは、マリガレッテとしての活動である。

この名前は、マーガレットが自ら希望して使っているものだ。

「本は何百年と残ります。だから、私だけの名前ではなくて特別な名前を使いたいのです」

マリガレッテはマリア、ローゼリア、マーガレットの綴りをバラバラにしてつなぎ合わせた名前だ。

「今の私がここにいて、本を書くことは、私一人の力では絶対に成し得ないことでした。だからお母様と、お義姉様の名前をお借りしたいんです。今の私を、ここに立たせてくれた人だから」

そして、作家マリガレッテは誕生したのである。

マリガレッテは舞台の脚本も書いており、今ではマリガレッテの作品のみを扱う劇団まである。

多国語で書かれた彼女の作品の数々は、様々な国で愛されている。

そしてもう一つ、シリウスにも大きな変化があった。

シリウスはマーガレットの二年後に学園を卒業した。

ルーバー夫妻は、縁を切ったとはいえ娘が一つの国を終わらせた悪女であることを恥じ、シリウスに領地を譲渡した後は、平民となり田舎で慎ましく暮らそうと考えていたようだ。

それを聞いたシリウスは「じゃあ、旦那様と奥様も手伝ってください!!」と、ルーバー領地に大きな建物を建てた。

「俺、孤児院を建てようと思うんです」

シリウスは旅の間、たくさんの子どもたちを見てきた。

捨てられて孤児となった子どもだけでなく、両親が多忙で育てられなくなり奉公に出される子ども。貴族の不貞で生まれ、母親が一人身を粉にして育てている子ども……

「捨てられたり、親が亡くなった子どもだけじゃなくて、親がいても理由があって一緒に暮らせなかったり、一緒に暮らすのが困難な子どもを一時的にでも預かれる場所があればいいのにって思ったんです」

シリウスの報告書に目を通したロベルトは少し考えて質問した。

「それなら孤児院って名前は変えたほうがいいんじゃないかな?」

そして付いた名前が「こどもの家」

食事なども出すため費用はもらうが、その場で支払うのではなく、子どもが大きくなってから一時的にルーバー領地で働く契約を結ぶというかたちで後払いできる制度も作った。

おかげで子どもを捨てたり過酷な場所に奉公に出したりせずに済むと非常に喜ばれ、徐々に利用する者は増えている。

ルーバー夫妻は、こどもの家の職員として子どもたちに文字の読み書きを教えたり、食事を作ったりと、とても活き活きと毎日駆け回っている。

シリウスはロベルトとローゼリアに、例のタイピンをつけてにっかりと笑ってみせた。

「俺は何年でも待って、かの御方を超えますよ。楽園じゃなくて、この世でマーガレット様と結ばれてみせますからね」

ルーバー領地の発展と、国内での孤児や子どもの死亡者数の大幅な減少を見ると、シリウスには近いうちに伯爵以上の爵位を授けることになるだろう。

その日がほんの少し、ほんの少しだけ楽しみであることは、ロベルトとローゼリアの二人だけの秘密だ。


「お母様!! お兄様がおもちゃを貸してくれませんの!!」

「だって、ぼくが先に遊んでたのに!!」

ローゼリアの部屋に、二人の子どもが転がるように飛び込んできた。

四歳の息子ロアと二歳の娘シルビアだ。

「ロア様、シルビア様！　妃殿下は大事な時期なのですよ、あまり騒いではなりません」

「まああ、アンナ。シルビア、貴女は少し待つことを覚えなさい。ロア、おもちゃを取られそうになったからって女の子の髪の毛を引っ張るなんて蛮行を、お母様は見逃しませんよ。ほら、お腹のなかから赤ちゃんが見て怒っていますからね」

ローゼリアの大きく膨らんだお腹は、なかで胎児が蹴っているのが外から見てもわかった。

「やあ、僕の可愛い天使たちはまた喧嘩をしているのかい？」

ロベルトは二人の子どもをひょいと抱き上げた。

「そんな天使たちには、マーガレット叔母様からのプレゼントは見せられないよ？」

「ええ!?　届いたんですか？」

「ごめんなさい!!　もう喧嘩しません!!」

現金な子どもたちに、夫婦は苦笑いするしかなかった。

丁寧にラッピングされた包みの中身は、一冊の本とたくさんの写真に分厚い手紙。

手紙には、来月には一度帰ると書かれている。

「お母様！　マーガレット叔母様のご本読んで!!」

「ぼくも、読んで読んで!!」

マーガレットの描いた絵本は子どもたちの一番のお気に入りだ。

「そこに座りなさい。お母様も一緒に読ませてね」

ロベルトの膝に二人の子どもが座って、その隣でローゼリアが大きなお腹を擦りながらマーガレットの本を開く。

「では、はじまり、はじまり」

——この物語が、ちゃんとめでたしめでたしになるかですって？

してみせるわよ。何があってもね。

だから、胸を張って言うわ。


いつまでも幸せに暮らしましたとさ。めでたし、めでたし。

RC
Regina
COMICS
令嬢はまったりをご所望。
1~3

大好評発売中!

悪役令嬢の役割は終えました 1~2
〔原作〕月椿
tsuki tsubaki
〔漫画〕甲羅まる
koura maru
RC Regina COMICS
アルファポリスWebサイトにて好評連載中!!!
大好評発売中!
異色の悪役令嬢ファンタジー
待望のコミカライズ!
神様に妹の命を救ってもらう代わりに、悪役令嬢として異世界に転生したレフィーナ。嫌われ役を見事に演じ、ヒロインと王太子を結び付けた後は、貴族をやめてお城の侍女として働くことに。どんなことも一度見ただけでマスターできる転生チートで、お気楽自由なセカンドライフを満喫していたら、やがて周囲の評価もどんどん変わってきて――?
第二の人生好きにさせていただきます。
仕事も恋も大忙し!?
異色の悪役令嬢ファンタジーコミカライズ第2巻!
アルファポリス 漫画 検索
B6判/各定価:748円(10%税込)

この作品に対する皆様のご意見・ご感想をお待ちしております。

おハガキ・お手紙は以下の宛先にお送りください。

【宛先】

〒150-6008 東京都渋谷区恵比寿4-20-3 恵比寿ガーデンプレイスタワー8F
(株) アルファポリス　書籍感想係

メールフォームでのご意見・ご感想は右のＱＲコードから、
あるいは以下のワードで検索をかけてください。

アルファポリス　書籍の感想 

ご感想はこちらから

本書は、「アルファポリス」(https://www.alphapolis.co.jp/) に掲載されていたものを、
改題・加筆・改稿のうえ、書籍化したものです。

可愛(かわい)い義妹(ぎまい)が婚約破棄(こんやくはき)されたらしいので、
今(いま)から「御礼(おれい)」に参(まい)ります。

春先あみ（はるさきあみ）

2021年 10月 5日初版発行

編集－渡邉和音
編集長－倉持真理
発行者－梶本雄介
発行所－株式会社アルファポリス
〒150-6008 東京都渋谷区恵比寿4-20-3 恵比寿ガーデンプレイスタワー8F
TEL 03-6277-1601（営業） 03-6277-1602（編集）
URL https://www.alphapolis.co.jp/
発売元－株式会社星雲社（共同出版社・流通責任出版社）
〒112-0005 東京都文京区水道1-3-30
TEL 03-3868-3275
装丁・本文イラスト－いもいち
装丁デザイン－AFTERGLOW
（レーベルフォーマットデザイン—ansyyqdesign）
印刷－図書印刷株式会社

価格はカバーに表示されてあります。

落丁乱丁の場合はアルファポリスまでご連絡ください。

送料は小社負担でお取り替えします。


ISBN978-4-434-29417-4 C0093